肖复兴 著

北国记忆

北大荒三百首

WUHAN UNIVERSITY PRESS
武汉大学出版社

图书在版编目(CIP)数据

北国记忆:北大荒三百首/肖复兴著. —武汉:武汉大学出版社,2012.5
黑土地之歌
ISBN 978-7-307-09761-2

Ⅰ.北… Ⅱ.肖… Ⅲ.诗集—中国—当代 Ⅳ.I227

中国版本图书馆 CIP 数据核字(2012)第 089609 号

责任编辑:张福臣 责任校对:刘 欣 版式设计:马 佳

出版发行:武汉大学出版社 (430072 武昌 珞珈山)
(电子邮件:cbs22@whu.edu.cn 网址:www.wdp.com.cn)
印刷:武汉中科兴业印务有限公司
开本:880×1230 1/32 印张:9.875 字数:216 千字
版次:2012 年 5 月第 1 版 2012 年 5 月第 1 次印刷
ISBN 978-7-307-09761-2/I·565 定价:25.00 元

总　序

叶　辛

40年前，中国的大地上发生了一场波澜壮阔的知识青年上山下乡运动。“波澜壮阔”四个字，不是我特意选用的形容词，而是当年的习惯说法，广播里这么说，报纸的通栏大标题里这么写。知识青年上山下乡，当年还是毛泽东主席的伟大战略部署，是培养和造就千百万无产阶级革命事业接班人的百年大计，千年大计，万年大计。

这一说法，也不是我今天的特意强调，而是天天在我们耳边一再重复宣传的话，以至于老知青们今天聚在一起，讲起当年的话语，忆起当年的情形，唱起当年的歌，仍然会气氛热烈，情绪激烈，有说不完的话。

说“波澜壮阔”，还因为就是在“知识青年到农村去，接受贫下中农的再教育，很有必要”的指示和召唤之下，1600多万大中城市毕业的知识青年，上山下乡，奔赴农村，奔赴边疆，奔赴草原、渔村、山乡、海岛，在大山深处，在戈壁荒原，在兵团、北大荒和西双版纳，开始了这一代人艰辛、平凡而又非凡的人生。

讲完这一段话，我还要作一番解释。首先，我们习惯上讲，中国上山下乡的知识青年，有1700万，我为什么用了1600万这个数字。其实，1700万这个数字，是国务院知青办的权威统计，应该没有错。但是这个统计，是从1955年有知青下乡这件事开始算起的。研究中国知青史的中外专家都知道，从1955年到1966年“文革”

初始，十多年的时间里，全国有100多万知青下乡，全国人民所熟知的一些知青先行者，都在这个阶段涌现出来，宣传开去。而发展到“文革”期间，特别是1968年12月21日夜间，毛主席的最新最高指示发表，知识青年上山下乡，掀起了一个前所未有的高潮。那个年头，毛主席的话，一句顶一万句；毛主席的指示，理解的要执行，不理解的也要执行；且落实毛主席的最新指示，要“不过夜”。于是乎全国城乡迅疾地行动起来，在随后的10年时间里，有1600万知青上山下乡。而在此之前，知识青年下乡去，习惯的说法是下乡上山。我最初到贵州山乡插队落户时，发给我们每个知青点集体户的那本小小的刊物，刊名也是《下乡上山》。在大规模的知青下乡形成波澜壮阔之势时，才逐渐规范成“上山下乡”的统一说法。

我还要说明的是，1700万知青上山下乡的数字，是国务院知青办根据大中城市上山下乡的实际数字统计的，比较准确。但是这个数字仍然是有争议的。

为什么呢？

因为国务院知青办统计的是大中城市上山下乡知青的数字，没有统计千百万回乡知青的数字。回乡知青，也被叫作本乡本土的知青，他们在县城中学读书，或者在县城下面的区、城镇、公社的中学读书，如果没有文化大革命，他们读到初中毕业，照样可以考高中；他们读到高中毕业，照样可以报考全国各地所有的大学，就像今天的情形一样，不会因为他们毕业于区级中学、县级中学不允许他们报考北大、清华、复旦、交大、武大、南大。只要成绩好，名牌大学照样录取他们。但是在上山下乡“一片红”的大形势之下，大中城市的毕业生都要汇入上山下乡的洪流，本乡本土的毕业生理所当然地也要回到自己的乡村里去。他们的回归对政府和国家来说，比较简单，就是回到自己出生的村寨上去，回到父母身边去，那里本来就是他们的家。学校和政府不需要为他们支付安置费，也不需要为他们安排交通，只要对他们说，大学停办了，你们毕业以后回到乡村，也像你们的父母一样参加农业劳动，自食其力。千千万万本乡本土的知青就这样回到了他们生于斯、长于斯的乡村里。他们的名字叫“回乡知青”，也是名副其实的知青。

而大中城市的上山下乡知青，和他们就不一样了。他们要离开从小生活的城市，迁出城市户口，注销粮油关系，而学校、政府、国家还要负责把他们送到农村这一“广阔天地”中去。离开城市去往乡村，要坐火车，要坐长途公共汽车，要坐轮船，像北京、上海、天津、广州、武汉、长沙的知青，有的往北去到“反修前哨”的黑龙江、内蒙古、新疆，有的往南到海南、西双版纳，路途相当遥远，所有知青的交通费用，都由国家和政府负担。而每一个插队到村庄、寨子里去的知青，还要为他们拨付安置费，下乡第一年的粮食和生活补贴。所有这一切必须要核对准确，做出计划和安排，国务院知青办统计离开大中城市上山下乡知青的人数，还是有其依据的。

其实我郑重其事写下的这一切，每一个回乡知青当年都是十分明白的。在我插队落户的公社里，我就经常遇到县中、区中毕业的回乡知青，他们和远方来的贵阳知青、上海知青的关系也都很好。

但是现在他们有想法了，他们说：我们也是知青呀！回乡知青怎么就不能算知青呢？不少人觉得他们的想法有道理。于是乎，关于中国知青总人数的说法，又有了新的版本，有的说是2000万，有的说是2400万，也有说3000万的。

看看，对于我们这些过来人来说，一个十分简单的统计数字，就要结合当年的时代背景、具体政策，费好多笔墨才能讲明白。而知识青年上山下乡运动中，还有多多少少类似的情形啊，诸如兵团知青、国营农场知青、插队知青、病退、顶替、老三届、工农兵大学生，等等等等，对于这些显而易见的字眼，今天的年轻一代，已经看不甚明白了。我就经常会碰到今天的中学生向我提出的种种问题：凭啥你们上山下乡一代人要称“老三届”？比你们早读书的人还多着呢，他们不是比你们更老吗？嗳，你们怎么那样笨，让你们下乡，你们完全可以不去啊，还非要争着去，那是你们活该……

有的问题我还能解答，有的问题我除了苦笑，一时间都无从答起。

从这个意义上来说，武汉大学出版社推出反映知青生活的“黄土地”、“红土地”和“黑土地”系列作品这一大型项目，实在是一件大好事。既利于经历过那一时代的知青们回顾以往，理清脉络；又利于今天的年轻一代，懂得和理解他们的上一代人经历了一段什么样的岁月；还给历史留下了一份真切的记忆。

对于知青来说，无论你当年下放在哪个地方，无论你在乡间待过多长时间，无论你如今是取得了很大业绩还是默默无闻，从那一时期起，我们就有了一个共同的称呼：知青。这是时代给我们留下的抹不去的印记。

历史的巨轮带着我们来到了2012年，转眼间，距离那段已逝的岁月已40多年了。40年啊，遗憾也好，感慨也罢，青春无悔也好，不堪回首也罢，我们已经无能为力了。

我们所拥有的只是我们人生的过程，40年里的某年、某月、某一天，或将永久地铭记在我们的心中。

风雨如磐见真情，

岁月蹉跎志犹存。

正如出版者所言：1700万知青平凡而又非凡的人生，虽谈不上“感天动地”，但也是共和国同时代人的成长史。事是史之体，人是史之魂。1700万知青的成长史也是新中国历史的一部分，不可遗忘，不可断裂，亟求正确定位，给生者或者死者以安慰，给昨天、今天和明天一个交待。

是为序。

路荒惊野雁
2011.3

目录

附录：

兄弟诗：寄赠插友诗草

梦　幻

梦幻话当年，岂知世事艰。
七星河欲去，一字雁难还。
风雨三江路，烟花二水源。
平生多少事，尽在那端牵。

注：二水，指当年我插队时所在的大兴岛上的七星河和挠力河。

家　书

愁不知年少，常当苦作甜。
歌扬归伴女，旗动走群男。
晨起霜风乐，夜还雪雨喧。
家书如不到，父母甩一边。

青　春

青春狂放日，敢唱凉州词。
蘼沤新霜后，麦收夜雨时。
酿成嘟柿酒，冻作杜梨石。
满圈猪八戒，嗷嗷且赋诗。

注：嘟柿，北大荒的一种野果，当地人用它酿酒。杜梨，北大荒的一种酸梨，冬天冻成石头一样硬，需要用凉水浸泡，化冰解冻之后吃。

荒　原

敢道荒原上，生机万物长。
花开蜂酿蜜，叶落果生香。
雁过非关云，草伏不为霜。
鹤常良夜舞，鹿好立斜阳。

春　行

当年胆气横，壮志试春行。
未谙人情冷，岂知世道轻。
遗踪说落白，故事访知青。
谁负苍颜老，而今醉晚风。

心 驰

年少别离意，一心塞外驰。
晨学忠字舞，夜写爱情诗。
割麦伤手指，收秋落粪池。
始知愁味道，待到返家时。

注：忠字舞是“文革”初期一种向伟大领袖献忠心的群众舞蹈，颇像如今老头老太太在街头表演的秧歌。

那年收割磨镰刀时割破了右手小拇指，被连队赤脚医生缝了三针。

住 院

少年空壮志，慷慨梦难回。
冬练伤手指，春播破眼眉。
三针缝住泪，一路诉将谁。
住院七周里，诗情竟夜飞。

注：播种机的零件突然飞起打伤我的右眼眉，险些伤了眼睛，被缝了两针。因伤指被赤脚医生缝了三针后感染，被送进农场场部医院住院期间，无事写了厚厚一本的诗，得到大夫的书面表扬，以为我是在写学习毛主席著作的体会呢。

多 情

时时说旧梦，总是自多情。
月暗一天雨，星明满树风。
水寒云色断，露重麦芒轻，
醉酒几回后，犹能策马行。

暖 雪

风宜云淡日，月好水清时。
不见萱思草，惟求鹊忆枝。
残阳柴满垛，冷月鹿临池。
心暖能融雪，春来雁早知。

冰　尿

雪落无声夜，谁回北大荒。
彩翎林入雉，白腚狍飞枪。
黄酒红炉暖，银檐玉柱长。
犹思一注尿，冰棍冻冰凉。

注：狍子，北大荒常见的一种动物，类似鹿，屁股是白色的，打猎时只要瞄准那一团白色，一般都能够命中。

天寒地冻，雪地上小便时，尿立刻能冻结成冰。

会战

达紫香山冈，苜蓿遍野黄。
一天春雨闹，万里莽原忙。
会战集人马，庆功祭鹿羊。
蒲公英散尽，满眼绿迷茫。

夜战

边秋霜降早，雁去气伤寒。
瑟瑟风惊木，绵绵雪恋山。
破冰仍窖兔，归闼尚挥镰。
会战挑灯干，喧嚣不夜天。

春耕

风吹满目晴，雁叫唤勤耕。
苗傍犁铧起，香从灶火生。
拂窗花鹿影，垦地铁牛声。
送饭田间闹，春光不胜情。

早播

薄阳暖清晨，窗上乳莺亲。
雪滴荒林夜，草生野谷春。
轻烟临水浅，远雾入山深。
地气因耕动，早播绿满村。

夏收

满地金明眼，夏收日日晴。
人穿花海小，镰过麦天轻。
社火烧云紫，园蔬绕舍青。
夜炊熏艾草，烟里堕蚊蝇。

麦收

麦收一地酒，朋引伴相呼。
清炖司晨子，热烧带露蔬。
猴头兼木耳，鹿尾伴花菇。
醉里吐情话，梦中见宝书。

长垄

一垄长十里，茫茫日日昏。
金菽割月夜，玉米打霜晨。
镰动头还远，穗摇汗亦频。
方知颗粒苦，无事不酸辛。

看瓜

秋到睡窝棚，看瓜夜满星。
清霜催早长，幽露润新生。
叶密藤犹绿，皮薄肉更红。
挑瓜如选友，清脆自听声。

豆收

大豆搖鈴後
紫山丁眩目
風過田皆醉
一壟割未盡

揮鐮向好秋
黃菠蘿可手
霜飄汗自流
月上柳梢頭

豆 收

大豆摇铃后，挥镰向好秋。
紫山丁眩目，黄檗木和手。
风过田皆醉，霜飘汗自流。
未割一垄地，月上柳梢头。

注：黄檗罗木外层皮厚实而柔软，做镰刀把最合适。当时割一垄豆地十里长，足足从早割到晚，有时还割不完。

种菜（一）

种菜如织绣，一园丽锦霞。
带芒收晚薯，和叶落新瓜。
蝶惹葫芦架，风拂扁豆花。
西红柿最爱，糖拌蜜还沙。

种菜（二）

种菜英雄事，放翁诗里云。
叶知秋后味，果晓雨前心。
卧架瓜熟晚，攀枝豆品新。
英雄岂敢论，满地韭如神。

熊　掌

猎熊吃肉美，炉火照星光。
油重连腥味，肉肥带野香。
笑声惊夜月，热酒祭神枪。
熊掌知何去，双双首长尝。

豪　雨

豪雨知时节，夏时总暴生。
莽莽独路绝，黯黯远帆惊。
诗写猪栏乱，书读马圈明。
关山隔雁阵，浇透怨思情。

熊瞎子最爱吃
2011年3月

像 章

边疆遇老乡，落日映天光。
引路依花径，归家入草房。
酒烧心幻想，饺煮馅茴香。
穿肉惊心事，当胸缀像章。

注：知青到北大荒的第一日，分别被当地老乡带到各家吃晚饭，迎接我的老乡赤膊敞怀，胸口的肉上别着一枚茶碗口一样大的毛主席像章，触目惊心。

啼 血

啼血鲜成碧，断弦最可怜。
水急强越渡，云乱竞飞天。
削发羞痴女，断肢愧怨男。
荒原开战场，万里马蹄翻。

注：当年，大兴岛有女知青削发光头，以示男女平等，高喊“男的能干女的也能干”口号呈假小子状而被称为“铁姑娘”；有男知青为上战场打苏修而摔断腿。

惊枪

完达伐老木，踏雪宿林深。
月下狍常见，丛中虎或闻。
泥留獾斗迹，枝挂鸟伤痕。
夜半惊枪响，熊来掌叩门。

帐篷

当年修水利，同住帐篷中。
隔布眠男女，穿堂过雪风。
梦言传霹雳，人影动朦胧。
泪也曾如雨，老歌彻夜声。

恋 爱

万里北疆行，青春类转蓬。
飘零一季雨，断续四时风。
顿顿忧愁泪，天天塑料羹。
惟存相恋时，心绪片帆轻。

注：塑料羹，又称“塑料汤”，当时有民谣：“从汤原到三江，兵团到处都喝汤，早晨喝汤迎朝阳，晚上喝汤上战场”，指的就是它。其做法是：煮一大锅冻土豆或白菜汤，用厚厚的淀粉勾芡而成。

春　梦

塞外好风光，青春梦尚长。
露清花后放，草嫩雨前香。
人候云边雁，月归岭外羊。
漫天芦荡雪，万里醉林霜。

宝　物

天宝物多华，荒原处处佳。
七星花入药，五味子冲茶。
破雪鱼出水，挖参露带花。
鹿茸割暖夜，木耳采秋霞。

农 活

轮回随四季，苦乐度青春。
烟泡疏寒木，风霜密远云。
水深舟唱晚，霜重地收金。
虽是年成好，农活亦损身。

注：北大荒指大雪纷飞为“大烟泡”。

猫 冬

猫冬塞外村，日日不耕耘。
白雪堆篱院，红椒挂木门。
灶中柴最旺，杯内酒重温。
醉里歌声起，知青断梦人。

雨 果

酒下三杯后，无端亦大呼。
猫冬说雨果，踏雪捡情书。
火赖炉为媒，香依树作奴。
相思难了尽，荒野跑红狐。

注：冬天大雪纷飞，无处可去，大家互相讲故事打发时光。连续几个夜晚，躺在同一铺大火炕上，作者曾经给伙伴们讲过雨果的长篇小说《九三年》。插友老朱曾和诗有句：“复兴讲雨果，再生扮云长。炕热话亦热，天凉情不凉。”说的也是此事。其中“复兴讲雨果，再生扮云长”，对得极有趣，再生是知青的名字，不仅名字与名字相对，“复”对“再”也恰如其分，而“雨”对“云”再妙不过。更有趣的是，我在雪地捡到的情书，恰恰是老朱女友写给他的。这封情书收存至今，已有整整四十年，属于“历史文物”了。

旧　歌

春播千里绿，归去旧歌来。
眷眷原中草，离离脚下苔。
思家心未醒，逢雨梦先开。
曲曲天涯远，迎风唱满怀。

注：那时有《外国民歌200首》一书，旧歌大多从此而来。难忘一天夜里，知青宿舍里唱起这些老歌，一首接一首不断，声震夜空，招来了队长，莫名其妙，以为发生了什么事情。

球 架

赛场无球架，木材厂去求。
八人肩换背，十里路移舟。
随酒歌飞夜，乘风篮进球。
满天星助阵，百日尽消愁。

小 船

秋到河挠力，天高断紫尘。
芦花飘似雪，雁阵去如云。
歌苦无长短，水凉任浅深。
小船一夜里，鱼伴酒鲜醇。

林　中

夏日林如画，长风尽入怀。
水清牛忘去，叶密鸟飞来。
偷蜜熊馋走，伴花月舞开。
雨蘑出五彩，也冒狗尿苔。

猎　户

望山山欲动，百里映花红。
伐木晨修斧，猎林夜引弓。
镰歌柴垒垛，草舞树摇风。
猎户多豪饮，酒樽醉不空。

林中小屋

林涛

大雪满弓刀，战旗绕岭飘。
顺山伐木倒，归楞应声号。
狗引轻爬犁，火烧冻豆包。
收工歌四起，八面响林涛。

别酒

战备修长路，开江涌大潮。
梦随明月上，情伴热风高。
别酒歌惟远，浮生气尚豪。
一山山雀响，十里猎旗摇。

风 怨

夜重花香重，秋浓月色浓。
促织鸣正急，村火照无明。
何处通天路，几时计旅程。
风吹一地怨，送我到京城。

冷 灶

夜落松花水，秋深桦木林。
归家天外客，游子梦中门。
雨重帆难起，冰薄鸟易沉。
柴湿空灶冷，浊酒暖残樽。

筑 路

夏筑二抚路，不堪苦野情。
虫叮包半腿，蚊落饭一层。
鼠咬惊篷帐，蛇伏惧井绳。
狼狐林里卧，最怕夜间行。

注：二抚路，从富锦县的二龙山到黑龙江边的抚远，当年是一条战备公路，现在成为同三（同江到三亚）公路最北端的一段。

远　芳

远芳侵古道，柳色又成新。
囤顶和星语，檐前对雪吟。
露湿苗破土，风暖燕鸣春。
将进一杯酒，心随夜月深。

跑　马

邻女借铺盖，原为老友来。
绣红被当暖，跑马花自开。
汲井披星洗，趁风晾日回。
地图惟印下，酷似旧秦淮。

注：当年一男知青和一女知青是中学同学，男知青特意从百里之外找女知青，当夜睡在我们男宿舍，女知青抱来一床新被子，不想夜来梦遗，男知青连夜洗被，颇为尴尬，一时传为笑谈。此后，再未见这男知青过来找同学。

春弈

大漠春来晚，惊蛰柳未青。
鹿鸣风卷雪，夜重月逐星。
洗盏卒吞相，开江鲤戏冰。
锅中香气沸，赢者不嫌腥。

芹菜

半年冻土豆，犹未见青蔬。
冬去冰初化，春来柳欲舒。
芹丝一碗翠，味道九分殊。
风卷残云去，清香几日逐。

注：难忘那一年开春到农场场部办事，在场部食堂吃了一盘肉丝炒芹菜，春荒连年，已经连续几年没有吃到这样美味的芹菜了，场部和下面的生产队到底不一样。

雨　前

今日早收工，荷锄踏笑声。
云低莺唤雨，草暗叶知风。
洗去泥一腿，归来酒满盅。
晚餐开尚早，闲坐对纹枰。

骤　雨

顷刻起滂沱，风摧几树折。
雷红惊地响，雨白向天泼。
愁坏落汤鸡，乐煞戏水鹅。
知青羞涩女，曲线露难遮。

铁　证

料峭风扑面，正值恋爱时。
春萌荒草绿，情动野花知。
月落人才到，夜归路不识。
日出出铁证，露打腿双湿。

青　鸟

云外传青鸟，林中雾漫丝。
狐毛裁暖帽，桦皮写情诗。
一去岚山梦，独留椴木枝。
此枝坚且韧，不了是相思。

牛　栏

山外关河涨，愁思落日凉。
蓼花临水白，萱草倚篱黄。
野岭云舒卷，荒原路短长。
牛栏清月夜，捣料满棚香。

炖　狗

浮沉云聚散，阴晦梦苍茫。
草气袭人暖，风声过水长。
添薪柴火旺，加蒜肉汤香。
炖烂一条狗，夜偷自老乡。

初春的七星河畔

药 方

知青在异乡，馋饿恰如狼。
酒觅谁家美，肉寻哪处香。
披衣穿菜地，赤脚下鱼塘。
荤素撑吃尽，夜深找药方。

书 箱

绰号潇湘子，一箱古典读。
花开犹自落，云卷可曾舒。
霜浸三春梦，心迷四库书。
不湿豪雨后，苦草盖茅庐。

注：去北大荒时，我带着满满一大箱书，大雨瓢泼没有被淹湿，全赖上海知青小林等人帮我在书箱上用苫草搭起小窝棚。

农　事

田家家似树，农事事如花。
细雨学耕土，薄寒课种瓜。
踏荒惊野雁，拾蛋害孤鸭。
夜起流星过，晨推满院霞。

晒　场

风微薄雾起，晒场落余晖。
入囤云踱步，扬场雨漫飞。
豆荚逐地跳，鸡狗绕人追。
骂俏打情女，夜深不欲归。

柴 村

沙土三江路，柴荆塞外村。
花香思噩梦，风雨见亲人。
握手情多密，把杯饮且深。
谁人说往事，岁月散如云。

暮 色

云薄日朗中，林外响村钟。
草色烟袭绿，花姿雾笼红。
水清渠变浅，风软步嫌轻。
晚饭添新菜，豆腐拌嫩葱。

间苗

雨细润如酥，风柔步草庐。
间苗泥带径，除草汗连锄
手洗清渠水，饭担胖社姑。
歇息田塍卧，无事禁书读。

装病

自作偷闲日，佯装卧病时。
面藏荷抱蛋，花带叶折枝。
枕雨思心事，倚床写爱诗。
无人来探望，愁绪有谁知。

夜 凉

双蝶相恋舞，一树落花开。
水涨船常出，露浓鸟亦来。
徘徊烟笼月，惆怅雾湿怀。
明日风尘路，夜凉不自哀。

迟 归

荒原哨脆响，人动大旗扬。
衰草连夕野，欢歌起晚阳。
林岚山外落，炊雾月中香。
若有迟归者，情话不尽长。

野　菊

收工草色迷，归路径逶迤。
日落集杂雀，牛行散乱蹄。
浮云接晚雾，乳燕过清溪。
路上多情事，谁摘满把菊。

论　兵

荷枪实未弹，演练待冲锋。
一诺千钧重，寸心万里倾。
论兵心是梦，屯垦雨为风。
慷慨多情热，能将血溅空。

注：兵团组建后，很多生产队改编为武装连队，发枪但没有子弹。

林　夜

老梦和风过，野狐宿草眠。
果熟随夜落，叶败抱枝残。
鸟语衔花露，虫鸣滴雾岚。
溶溶星月里，树树入云天。

烧 荒

烧荒对大荒，荒草长疯狂。
滚地风飞龙，冲天火映光。
岂知生有限，徒叹死无常。
谁为青春祭，来年草照黄。

注：每年因春天烧荒而死的知青，在北大荒至今没有准确的统计数字。突然蔓延的荒火，一般是无法扑灭的，知青大多是白白地送掉了年轻勇敢却幼稚的生命。

相　思

天涯身寄远，人在断肠时。
日落星出早，雨来雁到迟。
晚钟空自语，暮色动相思。
相送当年地，春风舞柳丝。

思　家

大豆结荚日，蒹葭起远风。
舟横波有皱，鸟过叶无声。
花落秋霜后，虫鸣月夜中。
思家人不寐，信写马灯红。

游　泳

七星清澈水，八月艳阳天。
影落云边雁，色来草上烟。
沙青深见鲫，浪白远连天。
河藻柔拂腿，一游美胜仙。

注：当年没有澡堂，洗澡是最大的难事。夏天到七星河里游泳顺便就把澡洗了，是一举两得的美事。

裸浴

一列知青女，半塘水气鲜。
间苗衣透汗，裸浴美惊天。
艳影勾凸线，荒原起淡烟。
谁逢颜色好，送饭赶车男。

开江

春融湿雪水，最忆是开江。
风暖冰将裂，夜深吼欲狂。
雷行星斗外，鼓响月宫旁。
壮烈三军士，激扬百战场。

炸 江

日月荒原久，青春落寞期。
卧冰挖冻土，踏雪筑寒渠。
凉炕人争睡，空枝鸟竞啼。
炸江惊夜半，侉炖满锅鱼。

注：北大荒有谚语：傻小子睡凉炕，全凭火力壮。指年轻人办事单凭热情，不知轻重。

冬日炸江，为了吃鱼，鱼会随炸飞的冰块一起飞出江心，落满江面。

開江

春融濕雪水
風暖冰將裂
雷行星斗外
壯烈三軍士

最穩是開江
夜深吼欲狂
鼓響月空旁
激揚百戰場

洞 房

窗前新树绿，栏外野菊黄。
茅顶初添草，炕梢更换箱。
鸳鸯红绣被，语录墨题墙。
一地花生枣，笑翻夜洞房。

男 女

男女干农活，田间闹事多。
少媳连笑骂，壮汉且行歌。
裤带插花瓣，胸兜种草棵。
知青羞涩女，面嫩话婆娑。

注：当地农民干活时，男男女女打打闹闹，且多和性相关，异常放肆，知青尤其是女知青开始都有些害羞，但许多性知识其实是从这里懵懵懂懂学来的。

北方荒野景
2010

农 家

香传边塞地，雪掩老农家。
饺馅包酸菜，枣花泡蜜茶。
大馇葱爆肉，细饼蒜拍瓜。
邀我席中坐，酒温月正斜。

注：大馇，一般叫做大馇子，北大荒用碎玉米粒熬成的一种粥。

夜 天

荒原晨少露，林野晚多烟。
草密飞蚊雾，水浊浸夜天。
狼嚎衰草后，狐卧落花前。
月半蝉声起，凄凉断续间。

戍边

兵团战士行，骄傲亦曾经。
立誓书中血，戍边座右铭。
操习山外夜，枪练靶中星。
激烈珍宝岛，只闻远炮声。

诗祸

阴云四起时，春到莽原迟。
枪打出头鸟，风摧坠露枝。
夜深影作鬼，人斗祸因诗。
塞外天涯远，寸心岂可知。

注：当年因写诗，派驻生产队的工作组曾经查抄了我所有的日记本，从中寻章摘句查找所谓的“反动言论”。

早寒

夏去芳菲尽，心忧怨早寒。
乱石霜笼水，良夜雾隔山，
无信才别雁，欲风又待天。
归家迢递路，何处觅婵娟。

自诩

自诩石填海，亦迷女补天。
心高难自冷，血热易成喧。
带火红旗举，携情碧海翻。
飞蛾扑日久，梦断在荒原。

四　时

四时北大荒，草木自芬芳。
牛蒡肥春雨，猴头壮晚阳。
山丁和我老，野草为谁香。
带露百合白，云英紫作霜。

注：山丁子，当地一种野果，红色，味酸，小如豆粒。紫云英，春季开花的草本植物，南方广大农村用做肥料。

嗅蜜

寂寂荒原里，悠悠牧鹿群。
山荆空断路，野鸟不随云。
春雨湿幽草，暮烟入密林。
黑熊馋嗅蜜，误撞猎獾人。

宽忧

农田经四季，何事放宽忧。
望雁心生翼，锄禾汗解愁。
和牛偕踏雨，与树共吟秋。
稼穑轮回里，听凭苦乐留。

异　人

同赴边疆去，知青有异人。
虚情元易见，假意半成真。
催雨花开夜，折枝叶落春。
中山狼笑面，口蜜却蝎心。

挥　镰

百里彩旗扬，挥镰向大荒。
风干秸满垛，雨过豆盈仓。
敛翅蜂存蜜，收工汗尚香。
远山衔落日，新月唱秋凉。

相　约

燕鸣塞外烟，春到小村前。
荒岭牛相伴，野林鸟自看。
风将流水远，蜂带落花残。
十里约前定，婆娑眼望穿。

猎　山

数九猎山去，踏歌阵阵高。
马穿林似箭，风卷雪如涛。
云里爬犁动，网中饿豹嚎。
各家分野味，香气满村飘。

农　桑

稼穑知辛苦，农桑事事忙。
粪筐拾早雪，柴院垒新霜。
骄马鞍初备，嫩蔬味始尝。
鸡鸣风雨夜，酒饮热心肠。

灾　年

灾年谁好挡，天地乱伦常。
早豆迎霜死，晚菽过雨荒。
水寒寒落日，月冷冷残塘。
屡屡失鸡崽，夜来黄鼠狼。

归 途

莫道收工晚，归途静入禅。
暮天烟欲重，新地露初寒。
鸟过田畦美，虫鸣菜架鲜。
夜明弦月上，若有若无间。

脱 谷

夏收一地汗，脱谷满车金。
口饮茶为酒，风吹树作琴。
瓜拍蒜瓣辣，饼烙葱花新。
饿虎扑食去，饥肠辘辘人。

注：所谓脱谷，指收割下麦子在地里康拜因就可以直接脱谷成粒，装车运回场院晒干后入囤。

小 憩

放牛过草丛，自己定行程。
风落花才半，云来雨乍晴。
浮萍池碎碧，斜日水轻红。
小憩谁人问，短歌笑牧童。

牵 牛

夏日到荒原，美犹在菜园。
豆荫初覆架，瓜蔓渐穿天。
畦冒茄花艳，枝飞鸟语喧。
牵牛吹唢呐，爬上电线杆。

拦 车

长路夜沉沉，拦车学问深。
无钱愁落泪，有道鬼通神。
当记男装女，犹怜假变真。
高高手臂举，挥舞艳头巾。

客 宿

荒原十里路，客宿老乡家。
山火幽香远，野炊乱炖佳。
夜深情起舞，酒醉梦开花。
分手脱相赠，饽饽鸡蛋瓜。

缝 被

萧瑟秋来早，初凉雁断声。
霜铺一地雪，雨打半屋风。
畏冷棉新絮，驱寒被旧缝。
不堪针脚笨，求助女知青。

注：初到北大荒，拆缝被子的活儿，难倒头一次离家出远门的男知青，常常是女知青帮助男知青。不少人的恋情也是从这里萌芽。

新 房

新房新瓦亮，百鸟闹新家。
屋后宜栽豆，窗前可种花。
井深冰蜜水，灶热暖甜瓜。
满炕花生撒，新娃次第爬。

初 恋

知青初恋季，常去老乡家。
犬守篱门夜，灯摇雾月花。
炕梢炕尾坐，话后话前搭。
心早蠢蠢动，窗帘未敢拉。

早 嫁

锄禾顶烈阳，辛苦命难当。
病对时犹久，愁知路更长。
早婚花去色，晚梦夜留香。
多少知青女，委身嫁老乡。

注：女知青中，不少是因为不堪农活的沉重而早早嫁给了当地的农民，用一生的婚姻换取暂时的轻松。

收 获

黄胜金萱草，红于晚彩霞。
群蜂同采蜜，双雀并啄花。
借雨春播豆，带霜夜点瓜。
棚添新鹿崽，水涨满塘鸭。

赴 约

十里独约会，穿山又过林。
残阳光不定，落木叶唯沉。
地僻村还远，霜寒草更深。
都说歌壮胆，遍野起回音。

麻　绳

三冬残雪尽，边塞梦泽深。
冰化遥看水，草生渐动春。
柴湿寒灶火，风软暖山林。
脱下老棉裤，麻绳束紧身。

注：当时，女知青用麻绳束出的腰身，露出了整整一冬被老棉袄棉裤遮挡的曲线，最令男知青眼前一亮。

收　工

拓野整天忙，壮歌对落阳。
晚旗风凛冽，夜露草寒荒。
破帐滴星月，残炉煮片汤。
四围林密密，白桦挽青杨。

江　流

三江流塞外，滚滚浪涛声。
但见花飘尽，焉知梦坠空。
人别初明夜，雁落未寒风。
来日天涯路，关山又几重。

风 尘

青春几度春，日月落风尘。
地阔云浮树，天长泪动襟。
水难分远近，山易辨高深。
寒夜孤星冷，谁知梦苦吟。

月 猎

不冷初冬夜，荷枪自遁屯。
林深疏树影，雪浅细狐痕，
月猎惊山路，风归笑草门。
灯花随犬跳，野味醉星辰。

失　恋

荒外炊烟起，清香九里闻。
铁锹烧土豆，木桶煮云吞。
野味熏松木，酸汤灌醉人。
难得一场醉，因恋爱失魂。

京　剧

为曾京剧生，梦乱在知青。
天女花残梦，洛神舞断情。
望江亭易没，盗御马难成。
到此只能演，表叔数不清。

注：革命样板戏《红灯记》里李铁梅有“我家的表叔数不清”唱段。《天女散花》、《洛神》、《望江亭》、《盗御马》，皆为老戏戏名。

荒甸

只见荒原阔，哪堪大甸深。
身披花似雪，襟带草如云。
日月伤行地，风霜错过林。
青春飞鸟去，落木叹萧森。

拓 荒

拓荒万里天，踏雪走江原。
撵雀风吹雨，拾菽穗聚山。
麦秸烧灶暖，稻粒煮粥鲜。
谁带八宝菜，北京六必园。

注：北京六必居酱菜园为明朝就有的老铺，当时北京知青回家探亲常带一些那里的咸菜回北大荒，一吃要吃一冬一春的青荒不接的季节。

红　颜

夜战夏时分，人非铁打身。
麦秸追被暖，睡梦坠情深。
当叹红颜女，犹怜黑狗轮。
横腰轧过去，漫漫月星沉。

注：那年麦收期间，一位漂亮的北京女知青，困睡在麦田的麦秸垛里，没有被发现，被调头作业的收割机拦腰压了过去……

伐 木

往事如魇魇，悲欢想易哀。
无花情里采，有酒恋中开。
细雨春山去，薄霜暮水来。
谁知伐木倒，雪落满伤怀。

注：伐木时有知青被倒下的大树砸伤或砸死。

写信

荒原蓬帐绿，白桦老林旁。
秋碧一天水，夜寒万里霜。
叶枯还在树，雁叫已横江。
家信如何写，灯摇暗木窗。

边关

思乡何日久，无奈远边关。
把酒伤心醉，对天彻骨寒。
归家霜染路，念旧雾生烟。
望断南飞雁，长空万里蓝。

注：老友博文曾有诗云：长望晴空无雁过，倚门万里蓝天蓝。

船　愁

愁不对当年，天长地且宽。
草生千里暖，风过五更寒。
缥缈云归雁，婵娟月度山。
何时回故里，相去水无船。

分　别

少年情义重，四海漫为家。
独忆风飘絮，相别日落霞。
浮云辞旧树，流水落残花。
何处归思寄，星迷冷月斜。

重　逢

年少别离意，一别路九千。
君来龙水尾，我往虎林边。
几度春札后，一朝夜雨前。
谁知人有伴，哈市猛儿男。

雁　去

同割麦半垄，共筑路一冬。
雪落他年忆，花开今日逢。
菜鲜碟续碗，酒热盏连盅。
雁去南飞后，思君付朔风。

月　魂

露清霜正白，流水送浮云。
几度寒烟路，何方落叶人。
敢言风雨梦，谁识古今心。
边塞知音少，夜深月作魂。

苍　鹰

氤氲地气新，天阔漫芳尘。
树老仍明壮，径幽自暗深。
月出初放夜，花绽未残春。
雾破云湿处，一鹰蓦入林。

试 猎

天好雪初晴，呼朋试猎行。
枪发一弹急，犬过四蹄轻。
爪印梅花瓣，血洇野雀翎。
瞎猫吃死鼠，竟忘觑准星。

猪 头

未尝荤四月，苦夏到清秋。
炖烂一锅肉，熬糊半桶粥。
汤浓无所抵，味美不能求。
牙祭何方启，猪头井下钩。

注：猪头事件，当时成为队里的一大新闻：刚刚杀猪后猪头就不翼而飞。队长为找寻猪头的下落，动用全队的力量搜寻，想不到猪头竟藏在井下。

灵 芝

塞外荒原夜，茫茫起雾烟。
林中风弄鸟，月下鹿临泉。
百草皆为药，单车自入山。
灵芝何处采，崖险长成仙。

冰 灯

春节路口东，火树玉花红。
欢笑歌男女，冰灯舞雪风。
绕村呼幼稚，把酒美仙翁。
闹到元宵后，依然醉夜空。

风 流

屯垦戍疆边，风流属往年。
袖标红似血，装束绿如烟。
田野歌声闹，饭堂语录喧。
斗私批判稿，黑板报连篇。

乡 愁

天远人何在，云迷路几重。
晨拂垂地柳，夜起落山风。
长水伤心碧，高粱醉酒红。
乡愁书不尽，雁字写寒空。

夜 归

会战知青后，夜归动远村。
有情风惹柳，相识犬追人。
踏院花传语，推窗月进门。
柴锅烧饭菜，炕热酒刚温。

边　村

曾在三江外，边村几度春。
看云思舍弟，步月忆家人。
心断肠粘草，路迷雪闭门。
音书长不达，思胜雪还深。

注：当时，我的姐姐在内蒙，弟弟在青海，姐弟三人天各一方。

挑　灯

荒原风凛凛，岁腊雪封门。
睡去梦花落，醒来夜月沉。
挑灯忧忘病，伏枕泪知心。
援笔书家信，天寒念故人。

望　断

不尽天涯意，田园总有情。
池清集鸟密，风淡散花轻。
嘶马依重载，鸣蛙畏浮萍。
思家南去雁，望断是知青。

霜冻

霜冻秋来早，才收豆谷时。
偏逢风卷雨，又见雪压枝。
不怕挥镰急，唯愁入囤迟。
薄冰场院上，滑断马前肢。

炊烟

依依云霭里，日暮起炊烟。
烧灶秋秸暖，带花晚韭鲜。
野拾巢掩蛋，山猎雉随天。
有酒相呼引，焉能不醉眠。

猪 号

猪号四时忙，青春意味长。
露葵收半绿，霜草打微黄。
汲井冰常滑，围栏雪正狂。
酒温缘小尹，老王暖心肠。

注：小尹和老王都是山东人，老王当年是猪号班的班长，小尹和我同睡在猪号的一铺火炕上。

发情

跑卵实难治，发情肆虐时。
破栏猪早至，挥棒步嫌迟。
怒落无情木，惊翻有粪池。
乐煞枝上雀，拍翅叫吱吱。

注：当地人管种猪叫“跑卵子”，发情时和野猪一样凶猛异常。

产　仔

茫茫天欲白，猪号腊冬忙。
归圈风将急，回鞭雪已狂。
柴湿炊未引，路断灶缺粮。
偏遇猪产仔，嗷嗷吼似狼。

大　旱

麦熟逢大旱，百里赤焰焰。
穗密田多雀，风疏雨少天。
狂挥镰下汗，放懒垛中眠。
恶战星空夜，抢收月落前。

严　寒

地阔衰荒草，天寒冻大江。
霜严枝倒地，风凛熊蹲仓。
埋院一尺雪，退狼两管枪。
知青争夜战，篝火映天光。

注：当地人管熊冬眠叫“蹲仓”。

抢　场

云黑雷声隐，天低暑气浓。
风来枝乱叶，雨去绿杂红。
车陷一尺泥，屋生半地虫。
抢场场院上，晒麦趁晴空。

注：抢场，是雨季里在场院上最紧张的一种农活。在雨前赶到场院上，把收到场院的麦子用苫布盖好，或趁着雨后出现暂时的阳光，抓紧时间晾晒这些潮湿的新麦。

对　歌

荒原风雪后，伐木有人归。
冻柿振齿脆，冰啤喷沫威。
对歌声震月，把酒笑惊杯。
酒尽歌难尽，豪情彻夜飞。

漂　泊

荒原秋色好，天阔夜光新。
风暖星融水，云薄月近人。
沉香飘自远，归鸟响犹深。
万里漂泊客，萧萧几度春。

促 织

夜深北斗明，辗转睡难成。
窗破风吹影，叶疏月弄声。
屋潮墙长草，席破炕生虫。
路阻家书至，促织瑟瑟鸣。

学 艺

秋色染霜深，晨昏远野村。
沤麻水去骨，割蜜花还魂。
炕垒偷学艺，窖挖暗储春。
门堆山草垛，雪大备柴薪。

注：农村沤麻，必等秋后霜落之时，将青苎麻置入冰水中多日，沤烂之后，人入水中，将麻捞起。因为水凉刺骨，下水之前，要喝几口白酒让浑身发热。一次沤麻，一知青白酒喝多，跃入水中发起酒疯，手舞足蹈不止，令人忍俊不禁，纷纷看热闹而无法干活。队长闻声赶到，将其拽上来，才得以继续沤麻。

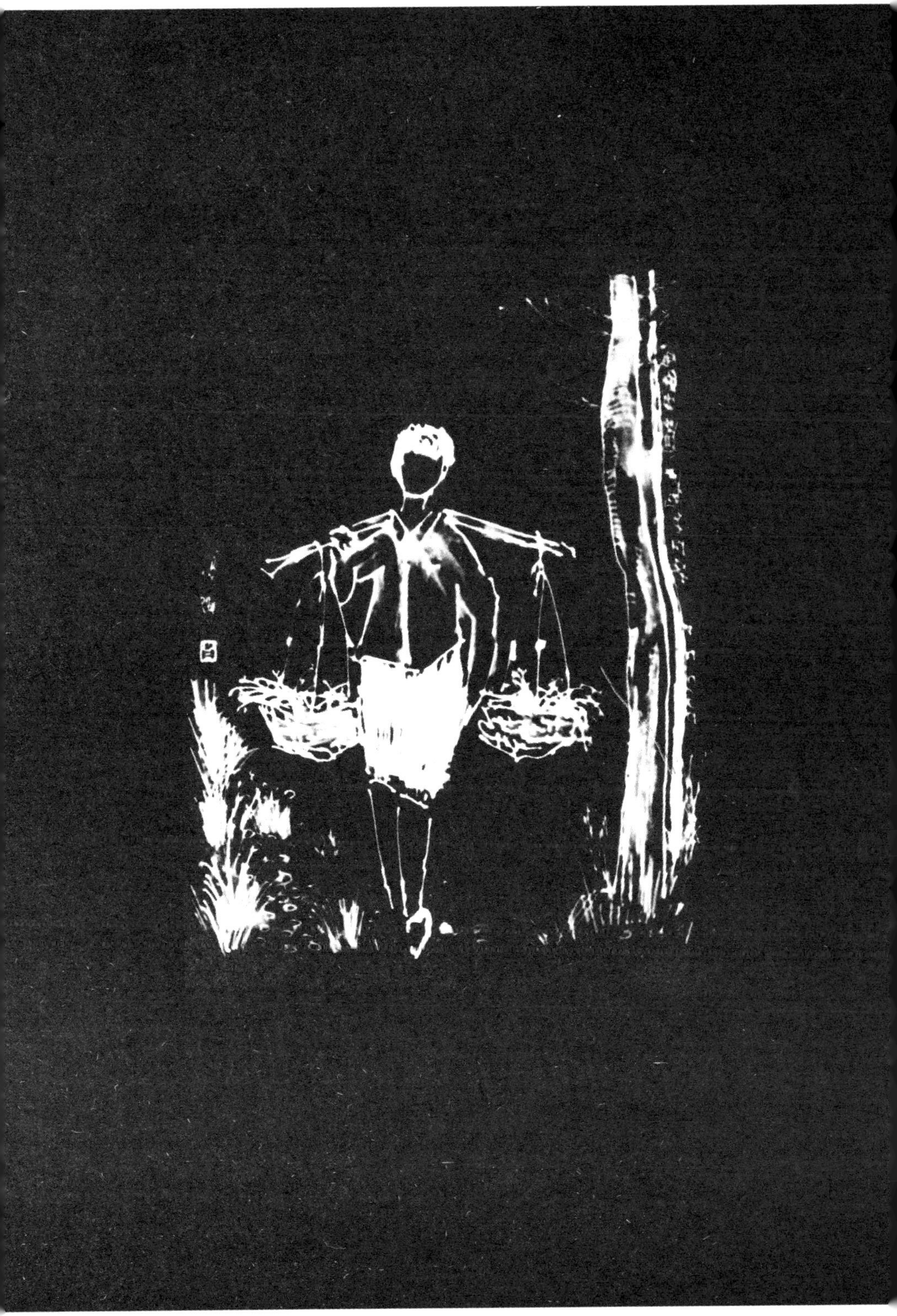

午 后

田园清且静，暖暖辣阳光。
碧水银鱼跃，黄花翠蔓藏。
云飘如我静，风过为谁忙。
午后无须酒，微醺梦也长。

送 饭

歇晌辣阳光，纷纷抢绿凉。
钟传河畔远，饭送地头香。
肉炒丝瓜片，蛋抛火柿汤。
豆粥能祛暑，只是未加糖。

注：北大荒管西红柿叫“火柿子”。

雨　后

暴雨一天后，出工已没膝。
狼藉瓜委架，纷乱麦伏泥。
菜地浮花叶，草房漏水滴。
池塘先涨破，满目跳活鱼。

误　会

知青初恋际，懵懂愣头青。
恨见情书热，烦觉爱字腥。
果繁枝易烂，云重月难明。
误会常常后，他林落鸟鸣。

放牧（一）

放牧远人烟，宛如世外源。
半花半草地，不雨不晴天。
香动心归梦，水流鸟去山。
恍然一觉后，牛马吼声酣。

放牧（二）

放牧最轻松，悠游画卷中。
老牛衔草走，少女戴花行
对水多鱼影，临风少雁声。
蒲公英遍野，白日梦盈空。

放牧（三）

牛羊放牧好，远避鬼和妖。
细雨花间落，和风岭上飘。
云疏天寂寞，林密鸟逍遥。
口渴清泉饮，人闲醉老烧。

注：老烧，为北大荒的一种地瓜酒。

灌园

轻雨松泥软，春深正灌园。
新葱纤指嫩，细韭淡眉鲜。
根润龙须美，叶摇露水圆。
渠清星月暖，垄上响潺潺。

耙园

园耙收秋后，凋零倍损心。
枯藤余剩豆，断笋久杂尘。
青柿枝伏地，紫茄叶散神。
惟留圆白菜，独伴落霜吟。

撒　网

夏季在边关，青春意气宽。
采林磨快斧，收麦煅飞镰。
月闯无人地，夜寻欲雨天。
浪平风静日，撒网放渔船。

欢　酒

麦收粮入囤，晚宴最乡情。
欢酒歌连夜，醉人舞带风。
花开农院静，月落野河清。
犬吠出薄日，满村睡梦声。

相　送

霜清雾气寒，又过小村前。
不寝今何地，因风独旧山。
泪随花后落，伤与夜时阑。
去岁相别处，凄凄雨满天。

别　离

别离无尽意，萧瑟小荒村。
残月宁辞夜，落花始断魂。
三江风雨路，百草苦辛根。
水去云还在，断肠不忍分。

窝　棚

相思几度冬，又见旧窝棚。
淅沥今时雨，阑珊昨夜灯。
知春柴炕暖，觉晓纸窗明。
挥手从兹去，只因要返城。

命　蹇

莫道命途蹇，塞牙水亦寒。
放舟云障月，猎鹿雾迷山。
野岸凌风渡，荒崖带雪攀。
良弓需好箭，快马欲雕鞍。

性　灵

百物性灵中，荒原自有情。
风生云早动，月上鹿先鸣。
流火通宵暖，飞萤彻夜明。
谁知新雨后，蛙闹满荷声。

粪　坑

村外槐荫下，粪坑半丈挖。
沤肥蒸沼气，浇地浴庄稼。
风去尤愁臭，雨来最怕滑。
谁人跌落进，洗澡此为佳。

老 乡

初进老乡房，忧伤欲断肠。
破席连炕破，凉灶带锅凉。
褴褛一生苦，糟糠半世忙。
关东烟袋里，故事打东洋。

愁 心

青春梦几重，洒泪怨兰丛。
疏月深轻柳，杂花淡远风。
山昏神语谶，林静鬼吹灯。
独夜思无寐，愁心对酒红。

初 吻

天开雁早鸣，云落满身轻。
雪尽风初暖，冰消草欲青。
月宜心递信，春好吻传情。
露重湿衣透，不觉曙色明。

约 会

荒原情意重，日日野景新。
雨细鸭闲舞，风微草静吟。
露清湿麦地，月淡暗松林。
最是相约好，知青恋爱人。

情 事

逝者如流水，水流几万重。
摸鱼儿潋滟，采桑子朦胧。
偏爱国防绿，独失胭脂红。
多情花季里，飞雪过征鸿。

注：当时管绿军装叫做“国防绿”，又叫“国防加强特别绿”。

故　地

雁飞塞外春，插队到农村。
萝北连云阔，桦南带雪深。
虎林谁是客，龙水独留君。
遍地知青泪，而今白发人。

注：龙水为黑龙江，萝北、桦南、虎林，皆北大荒地名，当地都建有知青农场。

孤　雁

荒原收暮草，野陌捡秋花。
霜木寒飘叶，风烟晚噪鸦。
云浮那待雨，日落或成霞。
孤雁高飞急，迢迢哪是家。

倦 鸟

魂断天涯路，知青梦落人。
愁云偏滞雨，倦鸟不归林。
秋水清欺底，春山淡忍心。
孰知何炕热，热脸对凉臀。

注：东北俗语：不知哪炕热，和北京话“找不着北”有相似之处。

烈　日

烈日最辉煌，夏时处处光。
鹿茸名百里，羊草打三江。
翠间豆荚绿，金铺麦穗黄。
满林蜂鸟噪，达紫遍山香。

注：达紫香，杜鹃花的一种，北大荒著名的野花，如果能够和其他的城市有自己的市花一样，达紫香应该就是北大荒的荒花。初夏时节，花开漫山遍野，蔚为壮观。

冲 凉

月带星出场，依然辣太阳。
火云烧赤焰，雀翅镀金光。
地气蒸人热，炊烟送饭香。
归来衣透汗，井水最冲凉。

秋 蛩

人闲农事尽，地净罢田耕。
长短更一醒，悲欢梦几惊。
秋蛩啼落叶，野月衬残星。
辗转心难寐，天高断雁鸣。

蒹 葭

蒹葭萧瑟瑟，远水荡悠悠。
叶落惊明夜，霜飘动净秋。
鸟归依旧巢，月上照新楼。
万里荒原老，天涯莫道愁。

注：大兴岛上，居然盖起了第一幢楼房。因为被七星河和挠力河包围，地处低洼，地下水位高，此地鲜见楼房。

伐 薪

九月风萧瑟，远山隐落阳。
秋林宁耐雨，晚豆不禁霜。
苫草房犹厚，枯河岸渐长。
伐薪背小院，一路跳金光。

夜 读

夜读内部书，风雨满江湖。
梦里神怀女，眼前鬼画符。
烟波清梦短，霜月远星疏。
似渴如饥后，苦辛暂祛无。

注：那时读书，因为书难以找到，便越发如饥似渴，是以后难以再现的情景。那时特别有一种所谓内部书最为吸引人，《多雪的冬天》、《白轮船》、《你到底要什么》等很多书，都是那时候读到的。

卵巢

十九岁阿娇，弯眉细柳腰。
归仓飞囤顶，收麦舞镰刀。
跳板三阶陡，旋风九尺高。
可怜跌落地，忍痛摘卵巢。

注：因入囤从跳板上摔下而摘除卵巢的女知青，不止一人。摘下一个还好，摘下两个，则导致终生不孕。

白 桦

村边白桦林，亦幻亦诗真。
雾里天仙舞，雪中少女吟。
笔直裁世念，水净洗尘心。
与我愁相伴，天涯好梦深。

荒原绿依然 白桦老林秀
2011年3月

知 音

筑路共一春，天涯遇友人。
挑灯言梦旧，敲火试茶新。
空向前尘泪，岂知后事心。
归途沧海远，烟水乱云深。

不 解

别家千里地，气壮却无心。
不解边疆柳，空存远塞春。
山光随日落，月色伴江深。
芳草连天涌，萧萧夜夜吟。

2012.2.

自宫

骚乱性何依，青春躁动期。
夜来春入梦，日起醉归愚。
爱恨刀一把，酸辛血几滴。
自宫心欲碎，慨叹复凄迷。

注：大兴岛上有个北京知青，是队上的木工，悄悄爱上了一位女知青，暗自写了一封情书，并没送出，却怀疑被人发现而汇报。正巧农场场部保卫处有人来队里办事，便杯弓蛇影以为是冲他而来的，想不开而狠狠地走上自宫的绝路，用的是他常使的刨子的刀刃。队上开会时候，血从裤腿流出而不止，被人发现，赶紧送往医院抢救。返城后结婚，因无法生育，领养了一个孩子。

农闲

农闲无所事，独坐日偏西。
山上花空落，林中鸟自啼。
荒泽蒙雾棹，野草掩村蹊。
断雁飞天际，归途万里迷。

独夜

三杯独夜酒，林海雪原行。
偶遇寒鸦噪，偏逢老鹿鸣。
羊肠攀道险，虎胆破天明。
深浅谁知事，一身命若轻。

惆 怅

少年惆怅久，岂懂世沧桑。
麦晒愁淫雨，豆收怯冷霜。
夜忧云寂寥，信落海苍茫。
埋汰三春雪，翻浆路漫长。

梵 高

挥洒梵高笔，清秋意迸发。
矢车菊似梦，向日葵如花。
麦海翻金浪，林霜醉紫霞。
还看一架豆，满地老倭瓜。

2010.8

小 咬

三伏一桶水，自脚浇从头。
暑落愁应散，风微汗已流。
群蚊鸣又过，阵鼠去还留。
小咬来如雾，浑身痒更愁。

注：小咬，是一种比蚊子还要小很多的飞虫，没有蚊子嗡嗡的叫声，但咬人很痒。只有当它们集中像雾一样弥漫而来，人们才能看见，即使睡在蚊帐里，只要有一点儿缝隙，它们也能成群结队地钻进去。

起 夜

大田烧似火，酷热暑难衰。
起夜尤为怕，扑蚊甚是哀。
频频摇扇去，重重抹油来。
无奈驱不尽，钻心痒满怀。

注：夏日起夜解溲（特别是大便）颇为艰难，一般都要事先涂防蚊油于股上，或一边方便一边频摇芭蕉扇，以驱赶不请自来的如雾般的蚊子。

月　饼

中秋恨夜长，晚饭闹食堂。
新麦蒸馍软，嫩瓜炒蛋香。
醉喝一顿酒，乱炖满锅汤。
月饼坚如铁，硌伤上牙床。

注：那年的月饼是从富锦县城买回来的，不知已经放了多久，吃的时候硬得咬不动。

乳罩

秋来北大荒，雁阵已成行。
野果浑为酒，山溪漫作霜。
晾衣凭日暖，约会趁花香。
乳罩谁偷走，随风掷上房。

四季

四季梦长短，青春家有无。
雁随秋日去，草向夏风伏。
久雨淹苗死，新霜浸豆枯。
三冬飞雪路，不敢问前途。

盼 春

一冬多会议，日日盼春熬。
风去残枝尽，燕来剩雪消。
雾压青草阔，云卷黑江遥。
天外流星落，苍茫自寂寥。

春 意

日暖长天爽，荒原雪已衰。
春催苗渐冒，风动雁将来。
冻土时松软，冰河早破开。
拖拉机列阵，耿耿气盈怀。

2003年3月 BeIJING

春气

四月几多情，垄沟处处平。
雨成荒草绿，风破野河冰。
蜂闹花无语，莺鸣树有声。
心偕春气动，爱与地齐耕。

孟春

孟春遍野青，谁负四方情。
萱草发新雨，蒲英任暮风。
锄荷一亩豆，鱼钓满天星。
月夜宜村酒，谁屋隐泣声。

春　水

春水平深岸，野花黯浅洲。
尘蒙一眼雾，日落满江愁。
天欲绵绵雨，人归瑟瑟忧。
凭风来去燕，争渡苦无舟。

春　深

荒原日月清，无论雨和晴。
山果看时落，湖葵老更生。
堆盘新韭绿，围栅嫩条青。
妖冶疯花草，春深浪野蜂。

F. Xing
2004.8.

入 夏

芳草随春尽，寸心入夏灰。
蛙出鸣野水，月落叩柴扉。
风动花先乱，夜深人或归。
归来难入梦，星乱漫天飞。

仲 夏

仲夏荒原上，返璞旷古真。
星河明月远，草地淡云深。
贴水浮江鲤，穿花落野禽。
猎追獾趁夜，布网易得擒。

夏　雨

夏日孩儿面，阴晴鬼画符。
雨来枝叶乱，风过菜园芜。
泥泞皆新踩，草高且后锄。
茅屋滴雨处，浸泡是情书。

夏　夜

闷风翻热浪，酷暑恶蚊忙。
日染乡思病，夜得梦断肠。
月临孤树影，蛙闹满池塘。
寂寞扑窗外，荒原万里荒。

夏　梦

夏梦亦无涯，荒原露净沙。
猴捞清水月，蝶恋密林花。
云掩圆缺夜，星迷惨淡家。
风吹熟果落，惊起树中鸦。

清　秋

清秋临塞外，萧瑟满边关。
雨打霜林醉，风吹月夜寒。
牛羊归牧圈，燕雀向炊烟。
少壮谁知苦，豪歌入晚天。

秋　深

遥远天边外，寒山寂寞村。
果随风落树，月带露侵门。
柴院花撩影，荆篱犬吠人。
关东烟半袋，雁已过秋深。

秋　后

秋后土收金，荆柴垛满门。
赶车夫跛脚，拾穗妇肥臀。
祭酒星邀月，杀猪血溅身。
窖挖冬储菜，吃到越年春。

秋 凉

雁去促织响，天寒唱晚凉。
青枫无半绿，银杏已多黄。
云蔽山山月，草伏夜夜霜。
新炊苞米嫩，袅袅为谁香。

秋 水

荒原十里静，寂寞易伤魂。
野果连霜落，山花带月闻。
拾柴寻草径，猎艳觅篱门。
村女推窗望，贼眉鼠眼人。

秋　色

霜经林色变，树树已秋浓。
苦李枝先落，酸丁味早成。
山葡霜后紫，野鹤顶前红。
天外霞云起，灯笼柿子风。

野　秋

大雁南飞尽，荒村过野秋。
凄凉花败雨，零落叶残流。
临水鱼徒羡，连天鸟自羞。
恨无鳍与翼，日暮叹还愁。

秋 残

恰逢边塞夜，更遇野山秋。
树落花当雨，河急木抵舟。
水寒澡尚洗，霜重梦仍游。
天降谁家任，斯人泪自流。

冬 季

一载半年冬，树凋不见青。
三春风暖雪，十月夜寒冰。
霜落沙飞燕，林枯草栖鹰。
偏喜啤酒冻，不怕血肠腥。

注：当地血肠是杀猪后用猪的鲜血灌制而成；啤酒在冬天则冻成了冰疙瘩。

冬　雪

万里荒原外，严冬雪总深。
林封集鹿队，江冻走车群。
偶与熊遭遇，却随酒醉吟。
爬犁双狗驾，一箭路狂奔。

雪　夜

皑皑千里白，游子在天涯。
夜带风成魅，梦将爱作花。
宵残灯有伴，路远犬守家。
抖却一身雪，炉凉炕亦塌。

雪　归

云淡也风轻，鸟鸣唤晚晴。
雪深十里远，月朗四窗明。
熟犬追人吠，老鸭傍树鸣。
暖身三碗酒，还有蛋花羹。

腊　月

艳阳腊月天，无事走荒原。
雪下苗初秀，洞中兔已眠。
冰灯惊冷夜，野雉动寒山。
河上十轮卡，轻如瀚海船。

注：冬季里，江河都结了厚厚的冰，形成了天然大道，跑运输的十轮大卡车，常常会抄近路在冰河上飞奔。

四　月

四月冰消尽，荒原万物生。
草出风后绿，花绽雨前红。
春忆人归近，家思雁去同。
不堪怀旧赋，羞对白头翁。

五　月

荒原春不到，五月绿难生。
纷乱人缠事，错综树绕藤。
飘零心带雨，断续梦随风。
常忆君何处，雁归夜怨声。

九　月

九月绿先黄，秋深冷意长。
豆收遭急雨，雁去度严霜。
问路寻明月，思君向暮江。
一丝新雪后，梦里更迷茫。

注：1968 年，我到北大荒的第一年，正好是十一国庆节的前一天中午，下起第一场雪，这么早就见到雪花飘飘，当时好生奇怪。

Fuxing
2006.4.18

七 夕

酷夏三江烈，七夕月不明。
人约南豆架，心忆北京城。
白日单思梦，青春并转蓬。
虽知相爱好，却怕误归程。

注：很多知青，又想恋爱，又惦记回城，怕在北大荒恋爱结婚后难回北京，感情处于两难之中。动荡之后，常有人失之交臂，甚至耽误终身。因此，知青聚会，当年错失的爱情常是说不尽的话题。

中 秋

中秋暖近旁，遍地染金黄。
守夜人逢雨，看秋月遇狼。
瓜熟吃袋满，豆好燎枝香
嚼豆喝瓜后，叮当屁最响。

注：在北大荒，管吃西瓜叫做“喝瓜”。这个“喝”字格外传神，意为西瓜汁水多多。所以，那时喝瓜和如今北京人吃瓜不同，不会用刀切成一牙一牙地吃，而是用拳头砸开，抱着半个瓜就啃。而且，是论麻袋吃瓜的。我曾和一个伙伴到瓜地，连吃带扔，吃过半麻袋的西瓜。

吃豆则是豆收的时候，在地头燎火，点燃豆秸，连枝带荚一起点着，豆荚炸裂开后，豆粒自然就熟了，会滚落一地，吃起来香气四溢。

2011年画

重 阳

飞雪过重阳，柴烧炕照凉。
夜来窗透雨，晨起壁结霜。
洗脸冰浮水，思家痛断肠。
腊冬还未到，小试冷锋芒。

春 节

春节几日暇，田静狗喧哗。
乘兴天天酒，拜年处处家。
脸盆汤煮饺，炕板面飞花。
最美杀猪菜，罐头辣酱瓜。

注：春节，队上杀了一口猪，有剁好的肉馅，和好的的面团，分给每个知青，端回宿舍，自己去包饺子。一般我们会用酒瓶子当擀面杖，掀开炕席，把炕头当成面板，包好饺子后，用洗脸盆煮。如果还有其他杀猪菜，加上知青从北京带来的罐头或酱菜，就着北大荒酒，就是最好的年夜饭了。

西 厢

西厢待月中，犹忆演红灯。
张派神还在，王家韵自成。
宽心弦似语，遣兴意如风。
谁唱青春老，莺莺不尽情。

注：荒友王新民，原在北大荒六师宣传队曾演《红灯记》李铁梅。返城回京后，一直爱好并师从张君秋张派学习京剧。年满60岁时独挑大梁排演全本《西厢记》，出演主角崔莺莺，一圆青春之梦。

老 朱

八字学生胡，一车赴远途。

同舟兄亦弟，共济手还足。

忆旧湖天阔，伤春草木疏。

荒原常入梦，白雪对红炉。

注：荒友老朱，中学同班同学，到北大荒我们同在大兴岛二队。那时留着八字胡，人送绰号“小胡子”。

秋 子

秋子送我行，春别走大兴。
逐风车早赶，绕树雁迟鸣。
雪落冰还在，泥湿路不平。
长风十六里，归夜满天星。

注：秋子是我同在大兴岛二队的北京知青。1974 年早春二月，我离开北大荒回北京，是秋子赶着一辆牛车送我到农场场部，搭乘前往福利屯火车站的汽车。

建国

那年高建国，挠力渡霜河。
日暮云烟重，浪深水汽多。
久别心寂寞，长叹梦蹉跎。
相会雁窝岛，同吟老友歌。

注：建国，中学同班同学，到北大荒我们同在大兴岛二队。

宝 泉

我友李宝泉，当年赴莽原。
霜晨泅挠力，月夜闯兴安。
攀岭心为画，凌波手作船。
丹青无限意，水墨万仞山。

注：李宝泉、王仞山，夫妇俩均为北大荒的知青画家。

2010.8.

老　邓

当年教导员，老邓在三连。
知遇情融雪，惜才义映天。
严词驳重议，正气祛薄寒。
救我出猪号，抒怀写莽原。

注：当年我在队里猪号喂猪，老邓调我到武装营组建文艺宣传队，因出身问题，有领导不同意，时任武装营教导员邓灿力排众议，方才调动成功。邓灿后任黑龙江农垦总局党委副书记。

大 刘

妻子美娇容，大刘健比松。
凭君识劣木，赖女救拙荆。
常忆云缥缈，每思水纵横。
青春危难际，风暖草才青。

注：大刘当年在农场教育股，武装营宣传队解散之后，是他把我调到农场场部学校当老师；我爱人后来从北大荒调动回天津上大学，得益于大刘的爱人鼎力相助。大刘夫妇郎才女貌，当年在农场非常有名。

赵 温

风雪忆青春，艰辛念赵温。
木工手艺好，票友唱腔真。
一块链轨板，百重屈辱心。
赤忱生死意，气胜海天深。

注：赵温是烈士的后代，“文革”期间被迫害，批斗时脖子上挂三块拖拉机的链轨板，每块重十七斤半。为赵温平反时，我和同学共九人号称“九大员”，同他结下生死友情。

老 孙

洪炉访老孙，未想遇新坟。
万马喑将夜，一人挺且身。
间从尝夜韭，频唤把春樽。
正是落花时，为何不见君？

注：老孙名叫孙继胜，山东日照人，老共产党员，队上洪炉的铁匠，队里的头头要将我打成现行反革命的时候，是他挺身而出，说："谁要敢批斗肖复兴，我就上台去陪斗！"2004年，重访北大荒，得知他已去世，令人怆然泪下。他的恩情，至今不敢忘怀。

老　董

烟炊老董家，日落起云霞。
暖炕人传语，明窗笑映花。
锅香油烙饼，灶热火烹茶。
董嫂欢声响，端来烤地瓜。

注：老董，河南洛阳人，复员兵，当年在队上开铁牛。他家是有名的知青恋爱据点。他们乐于当红娘，热心成全着一对对知青恋人。

老 张

志愿军老张，曾得纪念章。
珍藏心共命，漂荡雪同霜。
执手苍天远，围炉热语长。
翻箱相赠我，和泪缀衣裳。

注：老张，名为张玉钦，老共产党员，四川人，对知青充满感情，曾把从朝鲜战场上回国后发给他的一枚志愿军纪念章送给知青。

老　曹

为寻党关系，夜闯九级风。
还似伐良崮，不宜驻大兴。
乱时寒彻骨，春后笑盈声。
年迈心依旧，垦荒万里青。

注：老曹，名为曹永本。曾经是参加孟良崮的战斗英雄。在《黑白记忆》中，我曾经专门写过他，对于他在磨难中的不屈与坚韧，我一直充满惭愧和敬意。“文革”中因档案里失去党的关系，受到非人的待遇，为逃离对他的看守，他夜闯九级大风，回到原籍终于找到党的关系。年过八旬时还自己垦荒，种了十几亩大豆，收成颇丰。

FUXING 2003年3月

老　邢

老邢二毛子，眼碧发金黄。
别母今天苦，落花去夜凉。
直疑美帝贼，兼骂苏修狼。
掘地敌台找，刑如白虎堂。

注：老邢，名邢世林，复员兵，队上的康拜因手。仅仅因为母亲是俄罗斯人，“文革”中惨遭批斗迫害。当地人称混血儿为“二毛子”。

老　汪

双双释放犯，男女落荒原。
连作财中误，结为狱里缘。
嗓清戏可唱，手巧指成仙。
书旧翻新制，屠格涅夫烟。

注：老汪夫妇，多才多艺。妻子会唱京戏，他的儿子在队上排演的《红灯记》里演李玉和。老汪的拿手戏是旧书翻新，能化腐朽为神奇：用破布制成书的精装封面，并刻有凹字的书名。他曾经帮我做了屠格涅夫的《烟》和《罗亭》的封面。

兽 医

难产黄牛日，兽医夜诊忙。
车拉犊已死，人救母先伤。
血溅风尘暗，心惊草木凉。
解职批又斗，颠倒泣阴阳。

注：队上兽医抢救难产黄牛，大胆地用车拉出死于胎中的小牛，救活母牛，却被批判为故意害死小牛而视为阶级斗争新动向。七年之后，才被落实政策，恢复了兽医的工作。

玉 琪

北京李玉琪，少女仅十七。
生死挖沙夜，悲欢溅血衣。
长埋黑土地，早逝青春期。
尚未初恋过，悠悠日坠西。

注：李玉琪，北京女知青。挖沙子时塌方而被沙子埋住窒息身亡。

佩　玲

遍体烧伤迹，独怜刘佩玲。
荒原愁日落，野火惧风生。
未必活成易，且图死作空。
谁人犹记起，何处寄悲情。

注：刘佩玲，哈尔滨女知青，曾是救火英雄，后因被人遗忘，无人照管其生活而悲愤自杀。在《黑白记忆》一书中，我专有一章写她。

裸浴美对天

女 友

女友十七岁，那年倩影随。
寒霜花尚放，苦雨燕犹归。
碧血丹心溅，青春白日飞。
清纯如善水，梦里几流回。

注：当年，我要被打成现行反革命，无人敢再理睬，女友却顶着巨大的压力，独独给予安慰和支持。

九大员

人称九大员，一起到二连。
宗义宗忠孝，建国建瓦砖。
延福福未见，存宝宝难还。
却有芳香在，桂丛上佳园。

注：九大员者，宗义、建国、延福、宝存、桂丛、嘉元、秋子、龙云和我，皆北京汇文中学同学，同一车皮去的北大荒，曾一起参与为队上赵温、老邢等人平反的事情。

曹大肚

欲读星月夜，风雨典藏屋。
声唤灯先亮，门开狗已扑。
咬穿一腿裤，借走两箱书。
大肚令人叹，肚中泛野湖。

注：曹大肚子是位志愿军转业军官，曾是我们农场办公室主任，“文革”时被发配种畜站钉马掌。他爱好读书和藏书，是我在北大荒见到藏书最多的人。第一次到他家，刚推门进院，他家的大黄狗先扑上来，一口咬在我的腿上，幸亏是冬天，穿得厚，只咬破了裤子。1982 年，我大学毕业回北大荒还见到他；2004 年，我再次回北大荒，他已经去世了。

老李头

四季菜园中，躬身驼背行。
青椒枝洗净，红柿土挖松。
豆架星邀月，瓜棚雨美风。
大茶壶外号，老李苦名声。

注：大茶壶，是旧社会妓院里的一种杂役。

指导员

一手欲遮天，当年指导员。
藏奸常笑里，装蒜总人前。
暗采红颜女，明收黑道钱。
三年无底洞，却是入牢监。

玛达姆

曾有玛达姆，人称野鸳鸯。
罗敷夫尚在，浪子路方长。
际遇风尘重，世情露水凉。
苏联亡命后，无路可返乡。

树間的路

农家女

农家女月兰，爱上北京男。
花月身相许，草霜鸟所还。
无情心化雪，有恨命归天。
噩耗传城后，新婚正庆筵。

津女张

夏夜星无语，常怀津女张。
门虚风入帐，天热雨开窗。
失魄牛抵炕，安神药灌肠。
惊魂一病卧，逢客唤牛郎。

注：天津女知青，因半夜惊牛破门而入而患臆症：当时惊牛直抵炕头，角尖触进蚊帐，吓得她魂不守舍，和牛四目相对，至此一病不治，以后见人就喊："牛来了！牛来了！"

病号饭

伙房病号饭，上海女妖娆。
手擀龙须面，发梳马尾梢。
蛋花汤里卧，月晕脸庞飘。
直想长不起，如何找假条。

跑腿汉

桥直水笼烟，径曲落花天。
新韭香留客，老樽热醉仙。
不眠愁对月，何路喜出山。
跑腿窝棚好，兴来闹夜阑。

注：在北大荒，管单身汉叫做“跑腿子的”。

乌拉草

荒原三件宝，最爱草乌拉。
春浅难觉妙，雪深益见佳。
棉轻寒踏月，芝贵暖思家。
靴絮层层意，叠开脚下花。

注：民谣：北大荒，三件宝，人参貂皮乌拉草。

金银花

晚风红白马，落日金银花。
且用花归药，应将马入家。
药能清肺热，家可助情佳。
谁解相思远，纷纷起暮鸦。

注：黄昏时分群鸦都纷纷归巢，更令知青想家。

冻酸梨

荒原天欲雪，平地起风沙。
故事说灯尽，纹枰对月斜。
酸梨冰水解，甜饼火锅炸。
没有一盅酒，来沏满碗茶。

注：冬天的酸梨全部冻成铁疙瘩一样，只有泡在水里才可以把冻在梨里面的冰化去，梨才可以吃。

富锦城

初来富锦城，小馆酒香浓。
豪饮瓷缸满，粗餐瓦釜红。
紫椒连酒菜，黄曲佐歌声。
跑腿英雄汉，不喝是狗熊。

注：用干辣椒作为下酒菜，是当地令人叹为观止的一绝。富锦是作者插队所在地的县城，离大兴岛 200 里。

抚远县

抚远龙江头，拓荒日月遒。
雁来花未放，春到雪难留。
宣誓红旗动，开江碧水流。
沼泽栽豆麦，谁笑又谁愁。

注：抚远县，现为抚远市，处于中国最东北角，隔黑龙江是俄罗斯的一座城市，当时叫伯利，现在叫哈巴罗夫斯克。当年，黑龙江生产建设兵团垦荒到那里，建立了东方红团，却破坏了当地的湿地和森林。后东方红团撤掉开荒点，一部分后撤到大兴岛，与大兴农场合并。

曾有传说，兵团司令员到东方红视察，厕所是木板简单搭置，司令员大便时不小心跌进粪坑，认为此地条件恶劣，不宜久留，遂撤点。虽为传说，流传甚广。

完达山

林海完达走，画屏四季中。
椴花如暮雪，柞叶胜秋枫。
紫燕归毛榉，银狐隐雾松。
一灯木刻楞，夜落比花红。

注：木刻楞，林中用木头搭制的房子。

乌苏里

曾住乌苏里，青春不自哀。
江声从月去，草色伴风来。
舟小鱼盈网，岸平酒满怀。
三杯饮尽后，一夜星花开。

赫哲村

赫哲白桦庄，落日雨临江。
逆水春潮乱，顺风晚饭香。
轻歌鱼进网，薄暮鹿归房。
独木舟中酒，唠嗑话语长。

注：唠嗑，北大荒土语，意为聊天。

芦花荡

归仓地早收，天净气难休。
月黑孤愁夜，灯青远梦秋。
寒蛩啼雨露，衰草落汀州。
谁闯芦花荡，风吹雪满头。

白马湖

无奈青春地，不堪白马湖。
雪深贫亦有，云淡祸终无。
成败知时务，悲欢识酒壶。
解忧琴与狗，相伴笔和书。

野猪林

别愁离与恨，又过野猪林。
鸟语空山应，泉声独夜闻。
乘风能揽月，踏雾可裁云。
世外桃源在，思君不见君。

康拜因

稻收泥露黑，麦获地出金。
芒密浆汁饱，穗沉米粒匀。
扬场凭日暖，归囤入仓新。
百好唯一憾，未开康拜因。

注：在北大荒期间，因出身不好，没有开过一次康拜因及任何机车。当时有“上机务，下农工”之说。

山猪野狗

饲养棚（一）

饲养棚难寐，水肥草料新。
瘦驴拉硬屎，壮马长精神。
惊梦声常沸，反刍梦亦深。
鞭梢红似火，槽后暗催春。

饲养棚（二）

风住四围轻，反刍彻夜声。
牛栏灯伴影，马号月分情。
料细增膘壮，水清促眼明。
晨醒谁最早，山雀满窗鸣。

女儿身

独傲霜和雪，铁梅梦里开。
风寒修冻路，水远放冰排。
束乳麻绳系，宽衣土布裁。
女儿身不见，例假亦迟来。

宣传队

歌舞宣传队，曾经热似潮。
编排能累夜，演练或连朝。
晒场声回荡，食堂影动摇。
钢琴口陌摆，树上彩旗飘。

注：那时兵团六师宣传队专门从北京买来一架三角钢琴，由一位天津女知青弹奏，曾经演出过钢琴伴奏《红灯记》。

小提琴

提琴从幼恋，插队亦随身。
处处弦揉指，时时曲动心。
避寒寻菜窖，伴月步松林。
沼气殷勤至，熏晕苦练人。

注：大兴岛有位上海知青，自幼学习小提琴，到北大荒后依然坚持练琴，找不到地方，就跑到菜窖去练，屡屡被菜窖里的沼气熏晕，十分危险。常年的坚持不懈，始终相信艺不压身，终于，待场部宣传队成立时，他终于有了用武之地。

2012.2.4.

样板戏

自演红灯记，新闻处处春。
村童牵幕布，野老戏胡琴。
声震青纱帐，音传白桦林。
鸠山元队长，乐坏满台人。

平行线

扑面下乡风，当年塞外行。
天真羊角辫，情钝马棚声。
同演红灯记，共扎绿帐篷。
平行交错线，梦里几重逢。

老三样

东北老三样，伴人大半年。
萝卜留腊后，土豆伴春残。
顿顿清汤煮，餐餐大酱添。
欲约青绿菜，犹似见天仙。

注：东北老三样：土豆、白菜、胡萝卜。而且大多是冻的。

穷人美

曾记穷人美，假衣领上新。
风行从沪早，花放动田春。
一抹出云意，千村落梦心。
那时蓝蚂蚁，草细也撩神。

注：“穷人美”，指那时的一种假衣领，由两根布带套在胳肢窝下，只露出一截衣领，是衬衣的替代品，曾经成为知青爱美的一种物美价廉的最好物品。最早出自上海，由上海知青带到北大荒而风靡在知青之中，大多为白色和天蓝色，最初很少有带花色的。

蓝蚂蚁，指的是那时人们普遍穿蓝制服，遍地蓝制服，人称“蓝蚂蚁”。

埋汰雪

初春埋汰雪，泥泞欠精神。
宛转枝头鸟，徘徊月下人。
江湖多恶浪，世事少良辰。
惟有一初吻，花开涩涩唇。

注：埋汰，东北土话，指脏的意思。

鬼打墙

恰逢鬼打墙，风卷路迷茫。
一盏流萤暖，九天漫雪狂。
先尝嘟柿酒，再点椴枝香。
伴我守林汉，轻鼾入梦乡。

萤火虫

仲夏满天晴，荒原最透明。
云轻疏树影，日烈密蝉声。
帆落苍茫水，鸟浮荡漾风。
夜来草甸里，明灭萤火虫。

蚂蚁楼

大甸拓荒秋，遭逢蚂蚁楼。
魂惊如鬼魅，貌丑似骷髅。
盘坐寒沙渚，踞留夜沼洲。
齐心除此物，刀锯斧锄头。

注：蚂蚁楼，是当年北大荒荒原上的一景。当地人称蚂蚁楼子，又称草垡子。是一种非常大的蚂蚁巢。为了防备大雨将巢冲走，所以这种蚁巢比一般见到的衔草垒泥筑的鸟窝还要大许多。它们基本是用草垒筑而起，像滚动的草球，当蚂蚁不在以后，慢慢风化和地表或与漂垡甸子的水草连接一起，非常坚固。

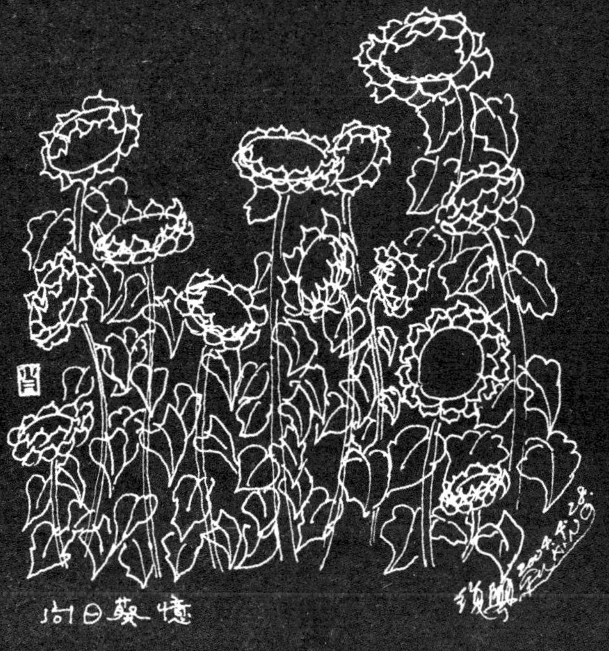
向日葵忆

王八柳

遭遇王八柳，垦荒最犯愁。
根缠深土里，斧钝乱枝头。
较力旗先动，斗心汗早流。
拖拉机助阵，方把鬼搬走。

注：王八柳，一种老柳树，当地人称之为“王八柳”。并有“王八柳不成材”一说。

椴树蜜

夏初花似雪，蜂舞漫枝柯。
蜜酿山风醉，瓶装椴树歌。
气压霜气满，味过麝香多。
日暮一口饮，百乏尽洒脱。

丹顶鹤

秋深何处去，无处不堪怜。
天上荒云薄，泽中野草寒。
多风枝舞叶，少水藕凋莲。
尚有丹顶鹤，翩翩自在闲。

黑星星

秋晚荒原里，晴云去忘归。
萧条花自落，寂寞雁独飞。
惆怅鸣山雀，殷勤采野薇。
黑星星踩碎，泪溅暗伤悲。

注：荒原的草地里，秋天生有许多野葡萄，小如豆粒，却汁水饱满，不甜，微酸，幽幽的深紫色，近乎黑色，人称“黑美人”；也有人叫它“黑星星”。

守　墓

舍身救友后，碑立四十年。
白桦林中卧，青山雾里眠。
花红思欲暖，云碧忆成寒。
守墓常相伴，风吹鬓发斑。

注：上海知青陈健为金训华烈士守墓四十余年。

墓　地

千里知青愿，一抔黑土前。
骨殖埋兔场，墓地入云烟。
忆旧悲薄酒，伤怀问远天。
惟存原上草，犹自绿当年。

注：大兴岛上当年的知青墓地，如今成为了种兔养殖场。

早 逝

人生草木秋，转眼死生愁。
白雪独长忆，青山只旧游。
月明灯后暗，叶落风前忧。
我友史兴义，魂随逝水流。

注：荒友史兴义葬礼归来所作，我们队的知青早逝者，如今已有十五人之多。

仙　菇

谁赴远征途，青春意气殊。
锋芒磨后钝，枝叶雪前枯。
野泣初相应，山歌始不呼。
方知多苦棘，无处采仙菇。

慷　慨

屯垦戍疆边，雄心壮志篇。
我吟云带水，君唱雪连山。
水绕林归梦，山从雾入仙。
岂知节气短，转眼落花天。

魂　惊

青春随日去，无奈又如何。
举目芳菲远，归心旧梦多。
向天云断路，经雨舸失波。
狂想十年后，魂惊鬼与魔。

梦　醒

青春话断肠，羞愧对激昂。
偶忆蛇吞象，偏思凤舞凰。
一锤难定律，百炼不成钢。
折戟沉沙后，梦醒散大荒。

注：知青大多是在林彪事件后才大梦初醒，返城之风由此开始。

狂 热

喧天锣鼓里，忠字舞当时。
语录值为曲，口号奉作诗。
闹如锅上蚁，疯似暑中虱。
狂热青春季，花空败叶枝。

搁 浅

烟水天涯远，命如不系舟。
随风心已尽，泊月泪空流。
搁浅逢寒夜，断樯遇冷洲。
来时锣打鼓，归去雨淋愁。

病　退

知青病退风，真假为回城。
路曲荒天在，归迟野草生。
别家谁可忆，离梦众犹情。
点火烧柴垛，心惊月却明。

注：我知道的第一位病退回京的知青，是我的中学同学，他是到山西插队的。他到我家看我时我问他：你哪儿有病？他对我说：我到县医院去开病退证明的时候，医生也问我哪儿有病？我躺在病床上一撩衣裳，亮出腰带上别着的几把刀子，然后对医生说，你再好好看看我哪儿有病！就这样，他轻而易举地拿到了病退的证明。北大荒病退风刮起略晚些。我们大兴岛上，一位北京知青点燃了场部领导家的柴火垛后，农场病退证明开始随便开了，医院的印章栓着根绳子就放在窗外。返城之风立刻迅猛而不可挡。

迷 途

塞外流年过，迷途照旧行。
断鸦孤落日，旅雁远归风。
天老黄沙尽，地荒碧草空。
了然一噩梦，独对月云明。

归 来

壮志绘宏图，而今始觉无。
人生多聚散，世事悉荣枯。
惨淡春秋度，踯躅日月书。
归来鬓已白，梦里听鹧鸪。

往 事

往事惊心后，了然白满头。
伤离随落木，感逝对残流。
梦舞谁飞雁，醉歌我展喉。
不登画舫渡，且作乌篷游。

乡 亲

重回插队村，忙坏众乡亲。
锅炖杀猪菜，门开醉舞人。
酒香依旧美，树老至今荫。
为我晨出早，挥竿钓锦鳞。

注：1982 年，我大学毕业，重返北大荒，队上车老板大老张，特意一清早跑到七星河边，为我钓上两条鲫鱼，做了一碗鲜美的鱼汤，那滋味至今难忘。

巧　遇

数载离别后，长途返故家。
屋前生旧树，窗后种新瓜。
甜女歌霜月，春蜂酿蜜茶。
新婴床上坐，恍若梦中花。

注：荒友老朱重返北大荒，在他曾经住过的知青房中，巧遇一对年轻的夫妇和他们新生的女儿。当年，老朱夫妇的女儿也是在这里出生的，时空交错，让他如有昔日重现的感觉。

药 味

梧桐秋色老，凋叶见枯枝。
药味心连病，书香信带诗。
青春多旧梦，白首重今时。
日暮天将晚，珍惜始未迟。

晚 日

几度青春老，婆娑梦若何。
繁愁皆过眼，野老自吟歌。
茶已闲时淡，诗将晚日多。
岁寒天欲雪，重忆旧山河。

断　梦

总唱青春颂，而今白首吟。
当惭忠字舞，莫愧怀人心。
雁去歌无落，云来日不沉。
抽丝难作茧，断梦处何寻。

命　运

命运如蓬转，青春了断根。
苍天飞早雪，红袖动初春。
夜阑花随影，林深梦刻痕。
而今人已老，各自带新孙。

2003年3月

瘦　马

梦来月已斜，一地落残花。
独伴轻枝影，早还老雁家。
故人说故事，新火试新茶。
古道西风在，羸羸有瘦马。

注：东坡有词：莫向故国思故里，且以新火试新茶。

旧 交

恍然垂已老，依旧水得流。
酒尽人当瘦，药多病愈忧。
旧交残梦在，壮志落花秋。
虽未春风远，为谁白了头。

老 友

新朋如小蜜，老友发妻依。
相近相亲燕，走来走去蹊。
路终天尚在，枝老叶犹栖。
白发千茎雪，心还故旧宜。

心　结

千里故人道，十年旧梦别。
酒无一场醉，心有万般结。
白日淡还去，青春远不绝。
相思难了尽，芳草早先歇。

风雪忆

风雪谁犹记，悠悠岁月心。
豪情悲塞外，弱梦泣京门。
云水十年远，江湖百里深。
花开花又落，何处觅青春。

青春祭

凭栏万里流，空负百年忧。
自笑青春老，谁怜白首愁。
相依秋色重，更起月光柔。
暮雨迟归雁，寒江晚去舟。

2008 年元旦至 2012 年春节整理于北京
2012 年 2 月 4 日立春改毕于北京
2012 年 4 月 15 日再改于北京

附录

兄弟诗：寄赠插友诗草

退休自得兼寄诸友

退休无所事，一觉醒自然。
游泳乘风去，遛弯踏月还。
写些碎文字，挣点零花钱。
偶尔学学画，生宣就墨研。

赠老傅

人生如梦过，世事两茫然。
玉树歌朝露，铜盘泣暮年。
也曾花草恋，终未鹊桥仙。
老友惟常在，双双鬓发斑。

附老傅和诗

君倾香槟尽，摇壶问欠然。
年少羞虎踞，岁老惯龙盘。
求存人或鬼，悟道神成仙。
酒溢和歌砚，素纸墨斑斑。

赠老朱老傅

风吹一夜雪，书伴满杯茶。
诗和今宵韵，灯开旧日花。
群芳含梦落，幽草带情发。
往事说难尽，逝川断有涯。

附老傅和诗

大风破人梦，披衣夜烹茶。
与妻话老友，和兄赏新花。
印封官运废，酒纵诗兴发
万水千山后，泼墨向天涯。

附老朱和诗

走时遍锣鼓，归来剩凉茶。
肩上着荒土，头顶落霜花。
惯看新草秀，偶寻旧枝发。
杯酒品百味，悲喜亦无涯。

赠友一首

悲凉一枕泪，毕竟付沧桑。
风马牛福祸，霜花草暖凉。
断桥无意远，疏雨有情长。
日朗闲心在，诗多梦里香。

老傅病重感怀以赠

年半忽相见，不禁泪怆然。
树衰枝少叶，年迈肺多痰。
问病遵医嘱，慰家记药言。
一人连远念，病除众心安。

注：老傅，中学同班同学，到内蒙察右中旗插队。心灵手巧，能诗会画。我到北大荒前，他手制一鲁迅木刻浮雕送我。我到北大荒七星农场大兴分场后，曾信中寄他一只硕大的蚊子，他写诗赠我，内有一联：“风吹遥想三江雪，蚊咬更念七星人。”后到内蒙古，又有《望江南》词寄我：“阴山青，人在天正中。白昼太远夜太近，不知该采哪颗星，归时捎与兄?”兄弟情谊，至今未忘。

老傅牛年某日半夜突然犯病，幸亏他家老狗发现了他急促的喘息声，连连呼叫，把家人叫醒，呼来急救车送往医院，大夫说再晚一会儿便没命了。

牛年元旦呈诸友

新年话暖寒，往事到眼前。
红雨一帘尽，白帆万里还。
明前茶共饮，雪后岭同看。
惟愿春花艳，为君报泰安。

元旦夜雪奉故人

雪迎元旦夜，总是好时辰。
未与冰独洁，聊应梦共真。
信读昔日事，花醉近时人。
心试新诗韵，为君老酒温。

南京看阳光卫视采访遇罗克弟感怀示友

出身一纸论，泪洒几多人。
天暗云惊雨，笔沉鬼动神。
沉吟蝶化蛹，长恨命成尘。
难遇遇罗克，清明夜雨魂。

注：遇罗克，北京中学生，“文革”时写《出身论》一文，影响广泛，后蒙冤入狱，被枪毙。

步俊戌原韵《赠友人》

前尘往事谁能忘，日落楼前晚雾黄。
取醉他乡思旧事，相逢故里奏新章。
流年赖友知寒暖，浮世随风任度量。
最忆天坛医院里，深情似海又如江。

注：俊戌，我中学同班同学。插队时，买手表困难，他凌晨去前门表店排队，为我买了一块英格牌的瑞士手表。我因伤住院最初危险的日子里，他陪伴我整整一天一夜，深情厚谊难忘。

附俊戌《赠友人（用毛泽东答柳亚子诗韵）》

年少春时今未忘，故城寻梦叶偏黄。
旧照残存别离泪，陈笺深凝友谊章。
相聚莫谈辛酸事，夕阳红火放眼量。
遥祝诸君身康健，冰心满怀月满江。

附俊戌和诗

雪飞除旧岁，阳和万物生。
云雀唱枝头，红梅舞寒风。
挚友已作古，遗愿未成空。
瀚海现油田，花草一丛丛。

重回老院赠小京

少壮谁知日后愁，心驰却作北疆游。
老屋云散心先动，新梦花逢泪已流。
诉苦一函因雨注，寄靴千里为秋收。
只身希尔根关外，小院空留叶落忧。

注：小京是我同院的老街坊，又是中学同学，我去北大荒时，他报名未被批准，后去吉林哲里木盟插队。希尔根是哲里木盟的一个小村子，他就落户在那里。他未走之前，我给他写信诉说麦收遇雨泥陷半腿之苦，他立刻为我买了高腰雨靴寄来。往事匆匆，44 年已经过去了。

忆起菠菜宴和疙瘩汤呈思本

婚宴做成菠菜宴，堆盘却也自来香。
念昔深记云天远，思本重得日月长。
无虑无忧无大碍，有福有女有小房。
四十余载相交老，最忆疙瘩满碗汤。

注：思本，我的中学同学，一起到北大荒大兴岛，又一起回到北京当老师。刚回北京的时候，苦闷的我们常常一起彻夜深谈，排遣孤独和忧愁，他到我家，我常常会做满满一锅疙瘩汤，两人抱锅全部喝完。他和天津知青小房结婚的时候，当时生活不富裕，买肉买鱼都要票证，我做主厨，做了一桌菠菜宴，吃得众人脸都绿了。只因为那时正是五月菠菜上市的时候，菠菜最为便宜。

答再生

难忘长街暖夜时，单车前后两人驰。
花香绕树逢春早，月色侵衣遇雨迟。
兰指满盘新韭饺，梅林一曲旧歌词。
至今犹记缠绵意，笑眼微眯唱若痴。

注：再生是我同在大兴岛二队的插友，他是1965年去北大荒的老知青。我返城后，他转插白洋淀后曲线回京，一时待业在家。那时，我在郊区一所中学教书，他常在我下班后直奔我家，聊天叙旧，排遣心事。他特别会包饺子，擀的皮又薄又圆，常常是边擀皮边翘起兰花指，情不自禁地唱起《嘎达梅林》，极尽缠绵之意，与他健壮身姿不相衬，样子十分可爱。吃完晚饭，我骑车送他回家，一路闲聊，一直快要骑到他家时才依依分手。

前些天，再生用手机发来一短信，说："我十一搬家，偶见一日记上有我写的一首打油：长街叹星空，倾心夜伴灯，华年似流水，至今思复兴。"往昔立刻在诗中复活，曾经庸常忙碌琐碎乃至痛苦的日子，有了诗的浸润，也变得美好了起来。

赠德智

同住前门外，隔街总往来。
长空独怅惘，小巷共徘徊。
古墨香留色，旧诗篆刻宅。
少年多少事，一去鬓霜白。

注：老友德智是我小学同学，自幼学习书法，笔力不凡，尤工楷书，曾将我的《北大荒三百首》抄录满满三册，蝇头小楷，字字工整，宛若刀刻。小时候，我们两家只隔一条街巷，我常到他家写作业。他家独居古色古香老四合院，老门的门联：林花经雨香犹在，芳草留人意自闲。该联两年前还在，遗憾的是今已不存。

虎年除夕赠诸友

今年医院除夕夜，滋味难和去岁同。
郑重虽无浓酒绿，缠绵但有爆竹红。
雪融春进春灯里，心祈梅开梅事中。
病榻同吃清水饺，窗前烟火正腾空。

注：梅事，即没事，平安之心愿也。这一天我正在医院里陪同刚刚手术完成的弟弟。

赠友二首

遥想少年同命运，一江寒水对萧森。
新蜂喧闹虽含蜜，旧燕呢喃却养心。
世事不嫌江海老，天真偏觉草花新。
沧桑纵使霜吹鬓，犹作青春万里吟。

岁月匆匆最不禁，谁知走到六十今。
浮生可以明白发，流水由来暗青春。
四季少花寒夜色，一生多梦动芳心。
苍茫不问来时路，云急风狂雪正深。

得老傅八枚印章有感兼寄八友

喜得篆印舞春阳，最爱花开吐旧芳。
野鹤听琴读汉赋，闲云弄日颂唐章。
水能解语分深浅，石可存言辨紫黄。
共我一张如雪纸，八章八瓣腊梅香。

注：老傅在电视中得知天津杨柳青制印精良，命女儿乘火车特意跑到那里，为我、老朱、煜珊、小京等八位朋友订制了八枚寿山石篆字印章。

附老朱和诗

炼玉寿山万世长，含风含雨又芬芳。
铭心倾渗殷红血，压卷促读好文章。
风雪载年情意满，方石刻月地天黄。
八峰连脉赏风景，掩绿众岩墨色香。

附煜珊和诗

炼石岁月几多长，淬火历人浸苦芳。
天道无情弃乱世，人间有意留奇章。
惊心黑发添新白，闲情野花依旧黄。
感怀此生八印在，心存各有一瓣香。

感怀往事远寄树德

在美国接到老朱来信告知与分别已久的树德聚会，当年我们同在北大荒的大兴岛，分别已近四十年矣。

老友同窗曾六载，青春一道去荒原。
风尘四海成深忆，霜雪三江付淡烟。
救我旗惊十丈笑，仗义情动半枝寒。
犹思为买樱花赞，书是冰心尔少年。

注：树德是我中学同班同学，亦同去北大荒大兴岛。“文革”初期，树德曾经带人救我于造反派围困之中。知我喜爱冰心，高一时的一个星期天，树德到新华书店，特意为我购买新出版的冰心散文集《樱花赞》。在北大荒，他为人仗义豪爽，曾经为朋友仗义挺身，不惜手伤半指，令众人叹为观止。

遥寄小江

清晨踏雾过拉丁，江姐店前倍动情。
新主早为从日货，旧窗曾是待霜星。
回生转死滴滴泪，白手起家夜夜风。
老友他乡难巧遇，山长水远满杯中。

注：小江，柬埔寨华侨，插队北大荒时曾经和我同在大兴岛二队。只因身为华侨，有海外关系，多受不公待遇，后含泪离开北大荒，先到香港，后居法国。粉碎四人帮，重新恢复高考，考中央戏剧学院，复试作文题目《重逢》，我便是以她的遭遇为素材而写的小说。

2009年春天，我去法国真的和她重逢，得知她与丈夫在海外一起艰辛而执着的打拼。前年，她在巴黎拉丁区的店铺被小偷洗劫一空，损失了几乎全部家当，但他们两口子不灰心，不气馁，从头再来。那一天，她和她的丈夫特意领我到她原来的店铺看看，小店已经转为专卖日货的商店。

旅美代简远寄诸友

五月相隔万里洋，叹息世事尽沧桑。
异国百草芽初绿，故里一花叶渐黄。
唯盼诗浓来药少，犹期病减过春长。
人生苦短君须记，健朗为福要细量。

附小京和诗

网上飞鸿越重洋，漂泊之心系扶桑。
赤云暮暑草退绿，白露晓寒菊使黄。
今夏无奈顺事少，来秋惟盼福气长。
长兄教诲已记取，无限夕阳共品量。

2010年9月11日纽约口占示友

纽约正遇九一一，世贸人围浪涌潮。
旗下半杆情未已，星垂满夜命难招。
冲天怒语云悲切，匝树哀歌鸟寂寥。
武警车多藏短巷，风萧萧噫日萧萧。

来美半年离别即兴怀友

梨花似雪到时稠，去日萧萧叶正秋。
林鸟不知何处落，园蔬犹见几回收。
新儿学步啼为笑，旧事惊心梦作舟。
天远相隔千万里，一声雁叫破乡愁。

冬日读书示友人

寒气袭人透紫衣，晨读老舍夜孙犁。
同堂四世京都味，远水一方苇岸堤。
把酒品诗评断句，开轩论道对残棋。
长风难解书中意，吹乱星河不胜迷。

忆汇文中学老师呈老朱

汇文犹有未文时，八月疯狂斗老师。
头剃阴阳风雨忆，书烧今古地天知。
鬓随半世霜飞雪，树伴一生果累枝。
浊酒清茶说旧事，鹤闲松老细吟诗。

和老朱博客诗一首

春去弄博言旧事，老来趁雨种新瓜。
壶中暖酒云间鹤，笺上题诗梦里花。

注：老朱是我中学同班同学，同一列火车到北大荒，又同在一队，形影不离，常常有人把我们俩弄混而认错。如此相濡以沫，风雨同舟，至今已近五十年了。可以说，没有一个人能够如他一样和我相交这样长的时间了。老朱曾经感慨地对我说："就是自己的父母都没有我们两人在一起待的时间长。"

退休之后，老朱网上新开博客，异常热闹，北大荒诸友都常到他博客上小坐，峥嵘岁月重现网上，如烟往事兜上心头，相互交往，不亦乐乎。

附老朱原诗

一窗小景收冬夏，半片闲田种豆瓜。
欲会友朋登博客，扑来音讯眼迷花。

附俊戌和诗

春秋一部伴长夏，数笔丹青画豆瓜。
最爱独步诗情夜，风摇杨柳月笼花。

附老傅和诗

地无寸垅学田家，莫笑阳台种豆瓜，
老妻尤觉春来晚，便搜彩纸剪窗花。

兔年元旦迎新手机短信呈诸友

狂风先动爆竹喧，梅信早催腊月天。
辞旧与君吟醉夜，迎新和笔画春山。

附老傅和诗

雪中念西海，恍然二十春。
难得心随愿，能与梦同真。
历历陈年事，寥寥昨日人。
平生几回醉，酒冷皆君温。

兔年守岁怀友

守岁欲鞭炮，思人待水仙。
影隐湖里月，梦落雪中天。
或有哀衰草，应无逝淡烟。
离骚吟自古，惆怅又一年。

兔年大年夜赠建国

寅年多遇虎，卯日始逢仙。
梅放能融雪，燕鸣最祛寒。
观鱼犹碧池，猎鹿且青山。
四季平安报，花开月自圆。

注：建国是我中学同班同学，一起到的北大荒，同在一队。他在北大荒时便爱写古诗，有诗相传：“修路苦当甜，营扎密林间。朝起身沾草，暮浴帐熏烟。溪水濯衣碱，椒油拌萝干。散步交心语，球赛争入篮。”写得非常富有生活气息。

返城后，我家住处拥挤，姐姐弟弟同回北京，无处可住时，建国家常是我借宿之处。

附建国和诗

玉兔值卯岁，降世乃修仙。
老忆随风月，乐游任暑寒。
志存松间鹤，心恋云中山。
虽未嫦娥伴，蓬莱梦亦圆。

元宵节遣怀寄友

正逢十五雪纷纷，不夜灯天动我魂。
火树惟求驱病患，银花只愿慰春神。
从今常作诗中乐，而后不为药里亲。
滋味元宵别样咽，老来谁惹弟兄心。

兔年岁末冬夜和老朱

今冬心最冷，苦对死和生。
雪渚孤飞雁，霜天远啸风。
流年哀逝水，落木叹长空。
幸有梅花在，寒犹满树丛。

附老朱原诗

岁末最冰冷，寒从心底生。
星眯云浸月，鸦噪树摇风。
友病离别苦，魂销归去空。
明春天再暖，花绽少一丛。

赠老朱两首

一、老朱手术住院

卧病东方痛自吟，六根钉进老腰身。
开荒百里飞镰重，入囤三级跳板沉。
凉炕冰心伤血脉，烈阳灼骨损精神。
四十余载沧桑过，还债青春不尽深。

二、老朱出院

三伏住院暗云低，窗外而今秋色迷。
暑去风凉烹紫蟹，甘来气爽杖青藜。
友情常向伤中见，心事总于病后齐。
聊慰浮生一段梦，邀得明月赏金菊。

注：兔年夏，老朱因椎间盘病手术住进东方医院，体内钉进六根钛合金钉。

赠煜珊三首

一、冬至感怀

如约冬至至燕丹，数九从今夜夜寒。
水远情深帆挡雨，云高友重月争天。
只求人醉胡杨下，但愿花开钻塔前。
伤逝我知兄弟在，相携直过当金山。

二、偶读煜珊一九七三年插队日记

风中邂逅雨中辞，一纸童谣唱此时。
向日倾心葵有信，冲天负气剑无持。
流离湖畔心折柳，寥落村头杏念枝。
莫对月明思往事，青春已远梦谁知？

三、辛卯岁末煜珊取回《兄弟·诗》

岁末月明时，重看兄弟诗。
旧章裁作册，新韵剪成枝。
雪雁云初度，玉山水已知。
天涯连碧草，独夜满相思。

注：煜珊是我相交四十余年的老友，曾在吉林扎鲁特旗插队。辛卯立冬之日，她将我弟弟病中这几年朋友之间唱和的诗汇编成册，取名《兄弟·诗》，独自一人将诗集赶在春节之前印制成书，分发各位朋友每人一册，留下难忘的纪念和情谊。当金山是位于昆仑山和祁连山之间的山口，海拔 3680 米，过去之后便进入柴达木盆地。我弟弟 17 岁时到那里当一名石油工人。

小京和诗

飘飞遗愿映彩云，故里神归又进门。
心系青海人尚在，身披黄沙气犹存。
相依大漠风吹梦，自抱荒沙月照魂。
滚滚石油花来祭，别离伤逝泪纷纷。

附老朱和诗

新春呈好礼，集册有佳诗。
天冷龙揽雪，梅骄花放枝。
冰心生死鉴，诚意弟兄知。
岁月骑驹走，年关最相思。

龙年初忆旧怀老友小奇

四月蔷薇艳欲滴，那年曲径日偏西。
青春岂愿随风散，白鹤何由伴雨栖。
星落常为清水梦，雪融每作浅诗题。
恍然犹似邻家女，旧事穿心忆小奇。

注：小奇是我的发小，小学同学，又是同住一条街的老街坊。当年都去了北大荒，她在北安清水河农场。当年我曾有诗寄她：星映清水水映天，天已霞光万里染。阔别多年不见，去年年末，在地铁站出口忽然看见一位背着大提琴的少女正从扶梯走出，当时立刻愣在那里，因为实在太像小时候的小奇。而光阴荏苒，转眼五十年逝去了。

冬日偶忆怀友人（三首）

一

寒冬偏忆暖春时，一夜花开满树枝。
闹市梦回谁可记，病床人去我犹知。
楚歌弦散云归早，班扇风迷雨落迟。
天外不传青鸟信，少年无字却为诗。

注：白居易诗：坐罢楚弦曲，起吟班扇诗。

二

开罢酴醾又辛夷，彗星落去众星移。
春风若在从幽草，秋水如存可锦鱼。
梦远醉时惆怅散，路长愁处逶迤集。
孤心独影人何在，咫尺天涯晚雾迷。

三

满地飞花秋恨成，冬来晚景倍伤情。
已寒昨夜云遮月，更远今朝叶落风。
苦雨不容留断忆，残棋犹赖对空枰。
酒薄杯浅吹还醒，鱼乱书哀梦易惊。

与老友同游法国以赠（六首）

一、普罗旺斯春行

一路驱车千万里，青山碧水紧相随。
迎风泼墨薰衣草，挥笔洒金向日葵。
戛纳城歌红酒醉，尼斯夜舞紫薇飞。
惊鸿一瞥圣托贝，天海茫茫白鹭归。

注：牛年五月，老友八人，均北大荒荒友，同游法国，租了一辆中巴，一路南下，直抵摩纳哥，十分难得。圣托贝，是靠近戛纳不远的一座美丽的海滨小城。

二、奥尔良访贞德故居

半是阴云半是晴，为寻故事绕全城。
老屋两座藤攀绿，旧地一片树映红。
仗剑不辞焚身死，为国犹敢策马行。
小楼一夜听春雨，满市争说圣女名。

三、诺曼底雾中归来

落日才离诺曼底，铺天盖地雾深埋。
车如战舰排天涌，夜似恶兵破浪开。
露重烟寒人缥缈，花残香断路徘徊。
今夕谁道何夕在，莫是盟军欲又来？

四、巴黎感怀

五月重游法兰西，一天看遍满巴黎。
老区怀旧残星冷，左岸伤今细雨稀。
塞纳河访凡尔赛，卢浮宫会达芬奇。
铁门水畔惊心锁，圣母院中泪打衣。

注：巴黎圣母院后面，有一座下沉式名叫死难纪念馆的建筑，阴暗而低矮，原是石头筑的黑暗牢房。这里紧靠塞纳河，是当时法西斯关押犹太人的转运站，经这里坐船送进集中营。

五、塞纳河夜游咏叹

巴黎古迹满街稠，旅客如织尽兴游。
塞纳河曾浮血水，协和场是断人头。
疯狂已就忧堪患，浪漫无端乐忘愁。
苦雨腥风消散尽，灯红酒绿夜扬舟。

注：这里所指的是1793年法国资产阶级大革命以及之后一段岁月崇尚暴力的风云动荡历史。

六、孚日广场访雨果故居

只因曾记九三年，孚日落霞访旧贤。
云忆郭文英气叹，雾知城武血光寒。
暴行且使头垂地，革命未能鬼变仙。
石断不存巴士底，夕晖犹照艳阳天。

注：参看《北大荒三百首》中第 32 首“雨果”一诗。同游的八人之中，有我和老朱等人看过雨果的这部《九三年》，老朱来法国之前还特意重读了一遍《九三年》，便一起同访雨果故居。当年的巴士底监狱已经片石不存，如今的广场上，只有一座 52 米高的塑像。郭文是《九三年》中最令人神往的人物。

清明送复华青海归来

千里黄沙黯白云，清明无雨送归门。
青杨正忆冷湖在，红柳犹诗苦意存。
大漠孤烟烟作梦，长河落日日为魂。
当金山过谁家祭，一阵车笛雪纷纷

老朱和诗

西望青甘眼无神，春风载忆到玉门。
胡杨吐絮轻飞散，大漠涌情久封存。
钻塔叩头怀敬意，月光洒地祭英魂。
当金山恸忽缟素，如雪纸钱落纷纷。

俊戌和诗

清明长风啸玉门，五月齐哀奏悲音。
寒梅滴泪沐苦雨，斑竹思甚长节痕。
一部笔记传青史，万株松柏伴逝君。
祭诗写罢痛彻骨，日和难暖冰冷心。

建国和诗

千里西行月送君，清明出塞越昆仑。
胡杨千载钟绿色，红柳终生恋黄尘。
大漠残阳豪气壮，冷湖圆月旧情深。
回城占有成百万，边域安魂才几人。

后记

我们那一代人，不少人喜欢诗，一类是马雅可夫斯基的政治阶梯诗，一类是古体诗。爱好一点儿文学，自视几分清高，既有所谓革命理想的膨胀，又有铺天盖地的毛泽东诗词的影响，这样四点因素合一，常常有来由或没来由的就会诗情大发，书生意气，激扬文字，还要学古人那样相互唱和。

记得我们汇文中学那时颇有几名校园诗人，见什么写什么，比如文革开始之后，教学楼的卫生没人打扫，厕所小便池常常爆满，有诗贴在小便池之上：桃花潭水深千尺，不及我校小便池。再比如串联的时候，徒步长征途中自己烧火做饭，笑话百出，有诗云：酒瓶权作擀面杖，饺子煮熟成片汤。这样的诗，口口相传，不胫而走，在我们同学中流传甚广，当时甚至油印成册，至今还有人清楚地记得。

插队运动来了，这些校园诗人大多出身不好，都到了各地插队，一下子星云流散。由于和父辈决裂，又都尚未恋爱，同学之间的友情便扶摇直上，几乎处处是他乡有明月，千里寄相思；又因人各一方，天远地远，距离让友情放大得变了形，伤怀念远，立刻成为了一唱三叠的主旋律。那时，我们的信中几乎都会有彼此诗的唱和，似乎个个都是挑了诗囊，抛了行囊；人人都会疏又何妨，狂又何妨，酒酣耳热说诗章。青春时节的痛苦，也变成了诗流畅的韵脚。

我自幼喜欢古诗，最早读的是一本《千家诗》，曾经从头到尾抄录了满满的一个作业本。每天在小纸片上抄写一首，揣在衣兜里，在上学的路上背诵，在放学的路上复习。读初二的时候，偷了姐姐寄给家里20元钱中的5元，买了四本书，一本是复旦大学中文系编选的《李白诗选》，一本是冯至编选的《杜甫诗选》，一本是游国恩编选的《陆游诗选》，一本是胡云翼编选的《宋词选》，全部是古诗词，因此屁股上挨了父亲的一顿鞋底子。这四本书，跟随我从少年到老年，从北京到北大荒，又从北大荒到北京，几经颠簸，几经搬家，虽然几乎翻烂，一直不离不弃，都还在我的身旁。“文革”后期，我成了逍遥派，学校图书馆的老师偷偷借我好多书，我从楚辞汉赋唐诗宋词一直到元曲，懂不懂，乱抄一气，抄了不下十来个日记本。日记本是在家门口的文具店里买的处理品，到现在我还清楚地记得，插页是当时的革命样板戏的剧照。

尽管年轻的时候曾经自以为是地写过不少的诗，但自从开始写小说和散文之后，四十余年来没有写过什么诗。记忆中，只是在中央戏剧学院读书的时候，教我们古典戏曲史的祝肇年先生，曾命每个学生学写一首古诗，我写了一首七言绝句，还得到了祝先生的表扬。仅此一次，日后，诗与我渐行渐远。这一次，诗的不请自来，如同阔别多年老友的再一次重逢。“街头偶相遇，当胸就一拳”，记得这是刚刚插队回京阔别重逢后，我们校园诗人写过的一句诗，其中亲切的劲儿，颇为传神。

自从退休之后，往日重现一般，重新迷上了古诗，从那些经过了时间淘洗的经典诗句中，体会到中国文字的独到之处，其字与字和词与词之间微妙的变化和韵味，真的是只有中国文字才拥有。完全靠符号支撑起来的西洋文字，难以品味得到；如今大多过眼烟云的即时性文字，乃至一些粗鄙的文字，在这样的令人叹为观止和心醉神往的文字面前，更是相形见绌。无论是文学，还是文字，真的是只有变化，没有进化，古典常常是我自己需要补充和汲取的最好营养。

退休这四年多来，有两套书一直置于桌上、厕上和床上，如影随形般陪伴我，即便出国，也要带上其中的一本，心里才踏实。这两套书，一是放翁的《剑南诗稿》，一是浦起龙点注的《读杜心解》。心有所动，手有所痒，便也如描红模子一样，学着写一点儿，虽然还只是皮毛，却极有兴趣的努力为之，心向往之。

我基本学习律诗，我以为律诗能够在有限的文字之中创造出无限天地，在咫尺之间调动起五湖风雨，万里关山，是属于文学中极简主义创作的极致。我喜欢其中严整的格律，戴着镣铐跳舞，有一种别样的意味。平仄的关系，语言中那种天音浩荡的韵律；对仗的讲究，字词间那种奥妙的无以穷尽，都让我重新着迷。只看“两个黄鹂鸣翠柳，一行白鹭上青天。”对仗多么的工整又可爱，没有一个生僻字，都是大白话，相隔了一千多年，奇怪的是，杜甫操的怎么还是和我们现在一模一样的语言？好的文字，就是这样和岁月和我们没有任何隔膜，由此而越发让我们今天因词穷而感到理屈，而感到脸红，而感到愧对前人。

于是，写下了第一首，是有关北大荒的回忆，毕竟青春的岁月在那里，就是我第一首诗里所说的："平生多少事，尽在那端牵。"也许，写写北大荒，写写包括我自己在内的这一代人，还是有意义的。在时代的动荡变迁和残酷的生存现实之中，无情的老了这一代人，北大荒，冷暖自知，苦乐相依，只能在遥远的记忆中。偌大的物质与精神的磨折和失落，磨钝了青春的韵律，搅乱了人生的章法，甚至失去了生活的韵脚。能够寸心未与年俱老，努力保持一份诗情，是我自己的，也是这一代人的一点希望的寄托和动力吧。

于是，一天天下来，四年多来，竟然积少成多，便萌生了一个小小的野心，写满三百首吧，不是有《唐诗三百首》吗？也整一个《北大荒三百首》。想放翁在86岁的高龄，在他生命的最后一年时光里，还写下了长短不一的诗481首，我用几年的工夫还写不出三百首吗？便以此激励自己，"四海交情残梦里，一生心事断编中"，便也将放翁的诗句当成自己的心愿。在写作这些诗的日子里，好友黄德智还曾经工工整整用蝇头小楷抄录了满满三大本，在一些知青朋友中流传，实在应该感谢他和这些朋友。

如今，竟然真的写成了这三百首。在书中的插页上，选用了我近几年画的有关北大荒的钢笔速写，最后又附录了一辑"兄弟诗"，是寄赠插队朋友的诗草，包括一些朋友的酬和，作为和北大荒回忆的链接，从中可以看到我们今天的日子和心情。利用今年的春节期间，我从头到尾又修改了一遍。尽管如此，作为学步者，谬误之处，仍会不少，心中惴惴，渴望能够得到朋友们的批评指正。

感谢武汉大学出版社和张福臣先生，给予我鼓励和支持，成全了我的这个梦想。同时，要感谢本书的特约责编朱纪新先生，是他在精心细致阅读审定中提出的意见，修改的词句，才避免我的不少谬误。

感谢一直读到这里的读者。

感谢北大荒。

肖复兴

2012 年 2 月 4 日立春记于北京

2012 年 4 月 16 日改于北京